내
몸 앞의
삶

복거일 장편소설
내 몸 앞의 삶

펴낸날 2012년 12월 13일

지은이 복거일
펴낸이 홍정선
펴낸곳 ㈜문학과지성사
등록번호 제10-918호(1993. 12. 16)
주소 121-840 서울 마포구 서교동 395-2
전화 02) 338-7224
팩스 02) 323-4180(편집), 02) 338-7221(영업)
전자우편 moonji@moonji.com
홈페이지 www.moonji.com

내 몸 앞의 삶

복거일 장편소설

문학과지성사

2012

가슴은 아직도 애달프게 찾으려 한다,
그러나 발길은 묻는다, '어디로?'

─ 로버트 프로스트의 「내키지 않음」에서

차례

제1장
내 젊음이여 잘 있거라

긴 기적을 울리면서, 열차가 드디어 움직이기 시작했다. 문득 가슴에 아쉬움의 물살이 일었다. 너무 뜻밖이어서, 나는 자신에게 물었다. "무얼 아쉬워하는 건가?"

옆자리의 노인을 흘긋 살폈다. 다행히, 검게 염색한 머리 위에 귀덮개 달린 짙은 잿빛 모자를 눌러쓴 노인은 낡은 가방을 꼭 끌어안은 채 자신의 회상에 빠져서 건너편 창밖을 내다보고 있었다.

"이 지옥에서?" 나는 핀잔하듯 덧붙였다.

이제 열차는 역사를 거의 다 벗어나 속도를 높이고 있었다. 아쉬움은 그저 스치는 것이 아니었다. 한껏 부푼 가슴속 환희의 바다를 아쉬움의 물살이 덮고서 출렁이고 있었다. 아쉬움은 환희를 한결 싱그럽고 단단하게 만들었다.

"잘 있거라, 나그추," 나는 나그추 역 둘레의 찌든 건물과 아파트 들에게 속삭였다. 영구적인 때와 가난을 대대로 전해온 유산처럼 안고서, 그것들은 오히려 듬직해 보였다.

중국이 누린 번영은 이 지역을 그냥 지나쳤다. 바다 쪽 지역은 발전의 혜택을 한껏 누리며 점점 멀리 달아나버렸고 신장(新疆) 지역은 공업화를 위한 막대한 투자 덕분에 나름으로 번창했지만, 이곳 칭하이(靑海)와 시창(西藏) 지역은 상대적으로 적은 관심과 투자를 받았다. 끊임없는 인종 분규는 사태를 악화시켰다.

세월은 고인 듯 흐른 셈이었다——이 황량한 땅에도 내 삶에도. 많이 빨아서 바래고 날긋날긋한 군단 제복을 내려다보았다. 병영에서 사는 나로선 민간 옷을 구하는 것이 적잖이 성가셨다. 군단 제복은 통행증 노릇도 할 터였다. 어느 나라에서나 그렇겠지만, 중국에선 사람들이 제복을 입은 사람에게 따지는 일이 드물었다. '칭하이―시창 자치구 고속철도 운영 군단'의 제복은 조선과의 접경까지 철도로 여행하는 데 당연히 도움이 될 터였다. 조선 안에서도 편리할 수 있었다.

따지고 보면, 군단을 떠나는 것에 아쉬움을 느끼는 것이 그리 이상하지는 않았다. 스물다섯 해 동안 군단은 나에게 감옥이자 일터였고 집이었다. 죄수 호송 열차에서 내려 여단 행정동 건물로 들어갔을 때, 나는 겨우 열아홉이었다. 이제 마흔넷이었다.

　가슴에서 일렁이는 갖가지 감정들의 밑바닥엔 단단한 성취감이 자리 잡고 있었다. 나는 살아남았다. 반중국 독립운동 혐의로 체포되었던 사람들 가운데 나 말고 셋이 군단의 제4여단에 배치되었었다. 제4여단은 죄수 여단이었는데, 주로 민주화 운동을 하던 중국인 죄수들로 채워졌고 몽골, 티베트, 위구르 그리고 조선 죄수들이 섞여 있었다. 스물다섯 해가 지나고서, 살아남은 사람은 나뿐이었다. 한 사람은 사고로 죽었고, 다른 사람은 패혈증으로 죽었고, 다른 한 사람은 몇 해 전에 절망해서 스스로 목숨을 끊었다. 가장 어리고 세상 경험이 가장 적었으므로, 내가 가장 여렸다. 우리가 어쩌다 마주치면, 선배들은 나를 격려했다. 꼭 살아남아야 한다고, 꼭 조선 땅으로 돌아가야 한다고. 내가 살아남은 것은 그저 운이 좋았기 때문이었다. 그래도 살아남은 것은 일단은 단단한 성취였다.

　세 동료들의 모습이 눈앞에 떠올랐다. 죄수 호송 열차에서 내릴 때, 그들은 알았을까, 자신이 끝내 이국에서 죽을 줄을, 시신조차 고국으로 돌아가지 못할 줄을? 부끄러움 어린 슬픔의 물결이 내 가슴을 시리게 썼었다. 적잖이 부끄러웠다. 혼자 살아남은 것이, 그들은 죽고 내가 살 이유가 없었다는 것이, 그리고 내가 살아남은 것에 그렇게 안도감과 성취감을 느끼는 것이.

　어쨌든, 세월은 흘렀고 나는 나이가 들었다. 나는 내 젊음을 나그추의 여단 본부 정문에 맡겨놓았는데, 오늘 여단 정문을 걸어 나올 때는 그 젊음을 되찾을 수 없었다. 나오는 한숨을 지그시 누르고서, 빠르게 지나치는 풍경을 내다보았다. 가슴속에서 따스한 기운이 번지고 있었다. 나는 군단에서의 삶에 이내 익숙해졌고 아마도 그것이 내가 살아남은 이유인지도 몰랐다. 그랬다, 군단은 나에게 감옥이자 일터였고 집이었다.

그래도 그것은 일차적으로 감옥이었고, 아무리 익숙해져도, 감옥에서 사람의 삶을 꾸릴 수는 없었다. 그 감옥에서 나오면서, 나는 새로운 삶을 살기 시작한 것이었다. 비록 그 삶이 어떤 모습일지 가늠할 길은 없었지만. 가슴속의 따스한 기운은 이제 뚜렷해졌다. 흘긋 뒤를 돌아보면서, 무슨 대사를 외듯 중얼거렸다. "내 젊음이여 잘 있거라."

노인이 가방에서 조심스럽게 음식 봉지를 꺼냈다. 그는 나를 흘긋 살피더니 봉지에 든 빵을 먹기 시작했다. 사람이 늙으면 얼굴이 비슷비슷해져서, 노인들의 나이는 짐작하기가 쉽지 않았지만, 일흔은 넘은 듯했다. 노인은 나이를 생각하면 건강하게 보였고 식욕도 좋은 듯했다. 요구르트를 마시면서, 빵 두 개를 이내 들었다.

그를 곁눈으로 살피면서, 나는 경멸이 어린 동정을 느꼈다. 경멸? 행색이 초라한 노인에게 동정을 느끼는 것이야 자연스러웠지만, 경멸은 뜻밖이었다. 빠르게 뒤로 물러나는 창밖 풍경에 눈길을 주면서, 내가 느낀 경멸에 대해서 생각해보았다. 경멸은 노인이 나이가 많다는 사실에 대한 것이었다. 처음 만난 노인에 대해서 내가 느낀 경멸은 살날이 아직 창창한 사람이 살날이 얼마 남지 않은 사람에게 품는 우월감에서 나온 것이 분명했다. 그것은 봉급을 그대로 저축한 사람이 봉급을 거의 다 써버린 사람에 대해서 품는 우월감과 같을 듯했다.

하긴 노인에 비기면 나에겐 살날이 많이 남아 있었다. 젊은 날을 이곳에서 강제 노동으로 보냈지만, 아직 몇십 년은 버틸 수 있었다. 내가 노인에 대해 경멸을 품은 것은 좀 부끄러운 일이지만 부자연스러운 일은 아니었다. 고국에서 나를 기다리는 삶이 봄날의 환한 꽃밭처럼 눈앞에 떠올랐다.

제2장

익숙한 땅의 나그네

암갈색 제복의 관리는 내가 제출한 서류를 한번 훑어보더니 고개 들어 책상 앞에 선 나를 살폈다. 그러고는 다시 서류를 들여다보았다.

가슴이 거세게 뛰고 있었다. 침착해지려는 노력에도 불구하고, 형태 없는 두려움으로 내 가슴은 쿵쿵 뛰고 있었다. 내 몸이 반응하고 있었다. 여기 신의주 세관의 특별 조사실에 있는 무엇에, 내 의식에 잡히지 않는 무슨 흐릿한 자극에. 숨을 천천히 깊게 쉬려고 애쓰면서, 나는 자신에게 두려워할 것이 없다고 일렀다. 나는 이미 내 행위에 대해 값을 치른 터였다. 군단에서 발행한 서류에도 말썽을 일으킬 만한 것은 없었다. 실은 거기엔 단 한 줄이 있었다: '운수성 지시 2074-3692-31407

에 따라, 본관은 윤세인을 칭하이―시창 자치구 고속철도 운영 군단의 복무에서 면제함.' 그리고 군단장 인민해방군 소장 왕 등하의 서명이 있었다.

그 관리는 내 이름을 탁상 컴퓨터에 입력했다. 그리고 거기 화면에 떠오른 것을 찬찬히 살폈다. 그는 경계심과 적대감이 가득한 낯빛으로 나를 올려다보더니 턱으로 내가 입은 제복을 가리켰다. "왜 그런 복장을 하고 있소?"

그의 손길을 따라, 내 제복을 내려다보았다. "이 옷은 칭하이―시창 자치구 고속철도 운영 군단의 제복입네다."

"지금도 근무하오?"

"그런 것은 아닙네다." 그의 비아냥을 모른 척하고 나는 공손한 말투로 진지하게 대꾸했다. "저는 칭하이에서 여기까지 수천 킬로를 여행해야 했습네다. 이 제복이 철도로 여행하는 데 도움이 되리라고 생각했습네다."

나는 자기경멸적이면서도 경쾌한 미소를 시험해보았다. 하급 관리의 자존심을 만족시킬 만큼 자기비하적이면서도, 만일 그가 어떤 관리도 공개적으로 언급할 수 없는 범죄 때문에 25년 동안 징역을 산 사람을 괴롭힌다면, 그가 겪게 될 골치 아픈 일들을 일깨워줄 만큼 경쾌한. 나는 여전히 공손하게 덧붙였다, "다른 뜻은 없었습네다."

그의 얼굴은 위엄을 세우고 싶은 욕구와 자기보존 본능 사이의 복잡한 다툼을 보여주었다. "그래, 도움이 되었소?"

그의 자기보존 본능이 일단 이긴 듯했다. 가까스로.

잠시 고개를 움츠린 그의 자존심을 건드리지 않도록 조심하면서, 더욱 공손하게 대꾸했다. "조금은 효과를 보았습네다."

그의 얼굴에 웃음기가 스쳤다.

그의 반응에 용기를 얻어서, 나는 가벼운 웃음을 지어 보였다. "중국 사람들은 여간해선 제복을 입은 사람을 건드리지 않습네다."

그의 얼굴에 미소가 배어 나왔다.

나는 속으로 고개를 끄덕였다. 조선 사람들은 모두 마음속 깊은 곳에 품고 있었다. 자신들 위에 군림하는 상전들인 중국 사람들에 대한 혐오감의 덩어리를. 적어도, 그게 내 생각이었다. 나는 중국의 괴뢰정권인 현 정권의 말단 하수인들도 그런 혐오감을 조금은 품고 있으리라고 짐작했다. 이제 나와 그는 중국 사람들을 명시적으로 욕하지 않으면서도 그들에 대한 혐오와 경멸을 드러내는 농담을 나눈 것이었다.

"이제 조국으로 귀환했으니, 새로운 복장을 착용하는 것이 타당합네다. 지금 그 복장은 더 이상 필요하디 않고 예상하디 못한 마찰을 야기할 수 있습네다." 그는 한결 부드러워진 목소리로 조언했다.

"잘 알갔습네다. 감사합네다." 나는 고개 숙여 인사했다. "목적지에 도착하문, 적당한 복장을 구하갔습네다."

"그래, 지금 가는 목적지는 어데입네까?"

세관 검사관의 공적 관심 뒤에서 그의 개인적 호기심이 고개를 내미는 것이 느껴졌다. 나는 그에게 내 처지를 솔직하게 얘기하고 도움을 받기로 순간적으로 결정했다. "솔직히 말씀드리문, 잘 모르겠습네다. 제 부모님은 여러 해 전에 돌아가셨습네다. 군단에서 제대한 중국인 동료가 그런 소식을 알려왔습네다. 제가 체포되어 중국으로 이송된 뒤, 두 분은 상심이 너무 크셔서…… 제가 외아들이어서, 두 분으로선……"

그는 동정하는 얼굴로 고개를 끄덕이더니, 대화하는 말씨로 물었다. "무슨 일을 했길래 중국 땅에서 그렇게 오래 징역을 살게 되었소?"

나는 그의 컴퓨터 화면에 나온 나에 관한 정보들이 비교적 적고, 그나마 추상적이고 완곡하게 표현되었으리라는 것을 깨달았다. 나에 관한 정보들 가운데 정말로 중요한 것들은 비밀로 분류되어서 세관 검사원들도 접근할 수 없을 터였다. 어쩌면 그의 컴퓨터 화면에 뜬 정보들은 내가 받은 형벌만을 간략하게 기술했을 수도 있었다.

"그게 좀……" 잠시 머뭇거리면서, 나는 그에게 무엇을 털어놓고 무엇을 감춰야 하는지 바쁘게 계산했다. 나에게 처음보다는 훨씬 호의적인 태도를 보이고 있었지만, 그는 현 정권에 봉사하는 관리였다. 그의 충성심은 뚜렷이 현 정권으로 향할 터였고, 현 정권이 가장 두려워하고 싫어하는 것이 '중국의 괴뢰정권'이라는 비판이었다. 그가 아무리 중국 사람들을 혐오하더라도, 내가 반중국 독립운동에 참여했다는 사실을 알면, 그의 반응은 호의적일 수 없었다.

"그게 좀 긴 니야기입네다." 나는 긴 한숨을 내쉬고 좀 서글픈 미소를 얼굴에 띄워보았다. 지금 미소를 지을 상황이 아니어서인지, 미소가 얼굴에 어색하게 앉는 것이 느껴졌다.

그가 고개를 끄덕였다. "물론 그렇갔디요. 도대체 중국에서 이십……" 그는 화면에서 햇수를 확인했다. "이십오 년이나 징역을 살 만한 죄가 무엇이었소?"

"당시 저는 대학교 일 학년 학생이었습니다. 김정일혁명대학교 영문과 학생이었디요." 눈앞에 함흥의 대학이 떠올랐다. 향수에 젖을 상황은 아니었지만, 그래도 그리움의 물살이 밀려와 내 가슴의 지친 벽을 부드럽게 씻었다.

그는 내 얘기를 화면에 뜬 정보와 대조하면서 천천히 고개를 끄덕였다.

"하루는 기숙사에서 한방을 쓰던 친구가 독서 동아리 니야기를 했습네다. 쉽사리 구할 수 없는 책들을 읽을 수 있다고 소개하문서, 저헌테 동아리에 들어오라구 했디요. 마음이 끌렸습네다. 똥은 학생들이 있는 동아리에 초대받은 것이 기분이 돟구. 동아리에 들디도 않고 친구도 없어서 외로웠던 참인데." 가슴에 아릿한 기운이 느껴졌다. 아쉬움인가? 이렇게 오랜 세월이 지난 뒤에?

그는 이야기를 계속하라는 뜻으로 나에게 고개를 끄덕였다.

"그 동아리에서 우리는 많은 책들을 닑었습네다. 력사, 철학, 문학…… 더러 불법적인 책들도 닑었습네다. 물론 그런 책들이 더 재미있었지요."

그는 이해한다는 미소를 얼굴에 띠웠다. 그리고 책상 위의 물병에서 종이컵에 물을 따라 나에게 내밀었다.

"감사합네다." 나는 반갑게 컵을 집어 들었다.

"불법적인 책들은 대부분 남조선에서 나온 것들이었습네다." 나는 조심스럽게 컵의 물로 마른 입안을 축였다. 여기가 위험한 대목이었다.

그가 본능적으로 몸을 앞으로 내밀었다.

"그 책들은 우리 공화국과 근본적으로 다른 세상을 보여주었습네다. 저는 물론 그 세상에 반했지요. 저는 그때 모든 지식을 열심히 빨아들이는 대학 신입생이었으니까요. 그리고 다른 학생들은 모르는 금지된 지식을 제가 안다는 사실이 자랑스러웠고 다른 학생들을 은근히 경멸하게 되었지요."

"그 불법적인 남조선 책들? 그것들은 무슨 책이었소?" 그는 내 얘기에 직업적 관심을 넘어선 개인적 호기심을 보이고 있었다.

나는 그것이 나쁜 징후는 아니라고 판단했다. "온갖 책들이 다 있었습네다만, 력사 책들이 많았습네다. 우리는 한반도 력사에 특히 관심이 컸습네다. 한 나라였던 한반도가 어드케 두 나라로, 우리의 위대한 공화국과 남조선 괴뢰정권으로, 분단되었는가, 그리고 어드케 두 나라가 대립했는가, 그런 일들에 대한 관심이 컸습네다."

그는 긴장해서 듣고 있었다.

남은 물을 마저 마시고서, 나는 핵심으로 들어갔다. "남조선 책들이 니야기한 한반도의 력사는 우리 위대한 공화국의 공식 력사와 크게 달랐습네다. 특히, 한반도 력사의 전개에서 중국이 한 역할에 관해선 우리 공식 력사와 상반된 견해를 제시했습네다."

그의 눈빛이 날카로워졌다. 그는 자신이 지뢰밭에 들어왔음을 알고 있었다. "위대한 우리 공화국의 충성스러운 인민이라문 당연히 알았어야 하디 않나요, 남조선 책들에 나온 니야기들은 모두 거짓말이라는 것을?"

문득 궁금해졌다, 이 방에 숨겨진 카메라가 있는지. 그의 발언은 앞으로 나올지 모르는 말썽에 대비해서 신중하게 삽입된 알리바이처럼 느껴졌다.

방을 둘러보고 싶은 충동을 누르면서, 나는 말을 이었다, "맞는 말씀이십네다. 그러나 당시 저는 어렸고 세상 이치를 제대로 알디 못했습네다. 그래서 저는 어리석은 짓을 했고 그 죄에 대한 값을 치렀습네다."

그가 고개를 끄덕였다. 그리고 나에게 이야기를 계속하라는 손짓을 했다.

"그러나 나중에 알고 보니끼니…… 우리가 그런 책들을 입

수해서 넓고 토론하는 것은 그 독서 동아리의 핵심적 사업이 아니었습네다. 새해 바로 전날 저녁에 저는 국가보위부 요원들에게 체포되었습네다. 취조를 받는 과정에서야 저는 비로소 우리 '봉선화 독서 동아리'가 '북조선자주독립전선'이라는 비밀 조직이 앞에 내세운 눈가림 조직이었다는 것을 깨달았습네다. 그 비밀 조직이 우리 위대한 공화국을 중국의 통제로부터 해방시킨다는 허망한 목표를 내세운 남조선의 비밀 조직과 연계되었다는 것도 그때야 알게 되었습네다."

그가 천천히 고개를 끄덕였다. 내가 그때 조사받는 과정에서 겪었을 일들에 대해 동정하는 뜻인 듯했다. 그리고 빈 컵에 물을 다시 채워서 내게 내밀었다.

"감사합네다." 나는 한 모금 마시고서 천천히 삼켰다. 내가 느끼는 것과는 달리, 내 몸은 많이 긴장된 듯, 목이 많이 말랐다. "취조관들은 그 일과 관련하여 저를 엄격하게 취조했습네다. 그러나 제가 아는 것이 전혀 없었으니, 털어놓을 니야기가 없었디요. 마츰내 그 사람들도 제가 그 일에 관해 아는 것이 전혀 없다고 판단했습네다."

그가 생각에 잠긴 얼굴로 화면을 살폈다. 그는 나를 어떻게 다루어야 할지 모르는 듯했다. 내 과거를 자꾸 캐어묻다 보면, 그로선 다루기 어려운 얘기가 나올 수도 있을 터였다. 그로선 이미 너무 깊이 들어왔다는 생각이 들 수도 있었다. 지금 그의 마음속에선 하급 관리의 자기보존 본능과 조사관의 직업적 호기심이 다투고 있을 것 같았다. 그가 무엇을 입력하더니, 마음이 선 듯, 나를 올려다보았다. "그래서 어드케 되었습네까?"

"조사가 끝나자, 재판에 회부되었디요. 방청객이 없는 비밀재판이었디요. 거기서 저도 그 사건의 내용을 알게 되었습네다. '북조선자주독립전선'은 우리 위대한 공화국이 우리의 영원한 혈맹 중국으로부터 독립해야 한다고 주장했다고 했습네다. 중국이 동아시아의 패권국가가 되문서, 한반도가 중국의 영향권 안에 들었다, 그래서 남조선은 중국과 미국 사이에서 중립적 태도를 취하고 우리 위대한 공화국은 중국의 속국이 되었다, 우리 위대한 수령은 실은 중국의 꼭두각시에 불과하다, 그런 니야기를 했다는 것이었습네다."

"아주 어리석고 위험한 니야기인데, 어드케……" 그가 혀를 찼다.

"중국은 한반도가 두 적대적 국가로 분열된 상태를 동아한다, 그래야 중국이 한반도를 지배하기 쉽다, 그래서 통일이 안되고, 우리 위대한 공화국 인민들이 늘 가난하고 자유롭디도 못하다, 그런 주장을 했다는 것입네다. 그래서 중국으로부터 우리 위대한 공화국이 자주독립을 이루어야, 통일도 되고 잘산다, 그러니끼니 한반도의 력사와 중국의 실체를 우리 공화국 국민들이 똑바로 알도록 해야 한다, 그런 주장이 나왔다는 니야기였습네다."

"그래서 그 독서 동아리에서 남조선에서 나온 책들을 닑고 다른 사람들을 포섭하려고 했다, 그런 니야기입네까?"

"네, 그렇습네다."

"몇이나 연루되었습네까?"

"전부 쉰세 명이었습니다. 독서 동아리를 지도한 '전선' 지도부는 열한 명이었는데, 그 사람들은 모두 사형이 선고되었습네다. 남조선 괴뢰정권의 스파이 노릇을 했다는 죄목으로. 나머지는 무기 징역에서 칠 년 징역까지 받았디요. 저는 가장 어리고 가장 늦게 가입했다는 점이 고려되믄서, 칠 년 징역형을 받았습네다."

"칠 년 징역형?" 그가 화면을 들여다보았다.

"네. 칠 년 징역형에다 무기 보호관찰이 붙었습네다." 나도 모르게 씁쓰레한 웃음이 얼굴에 앉았다. 마음이 이제는 좀 놓인 모양이었다. 나는 물을 조금 마시고서, 방 안을 한 바퀴 둘러보았다. 처음 느낌과는 달리, 특별한 곳은 아닌 듯했다.

"무기 보호관찰이라 했소?"

"네. 우리 조직원들이 선량한 인민들의 마음을 오염시킬 가능성이 크다고 본 것이디요. 그래서 징역형을 마치더라도, 사회에 복귀할 시기를 늦추려는 의도에서, 무기한으로 우리를 감옥 안에 붙잡아놓을 수 있도록 한 것이디요. '선량한 국민들을 보호하고 사회 안정을 지키기 위해서, 피고들을 격리할 필요가 있다', 그것이 재판관의 니야기였습네다. 우리가 독극물처럼 사회에 위협이 되니, 우리 위대한 공화국 안에 우리를 가두어두는 것보다 말도 통하지 않는 중국으로 보내는 것이 좋은 방안이라는 니야기였디요. 그래서 우리는 모두……"

그의 탁상 전화기가 울렸다. 그는 발신자의 번호를 살피더니 이내 자세를 바로 했다. "네, 김수교입네다."

상대가 무어라고 하자, 그는 자리에서 일어났다. "네, 국장님."

긴장으로 몸이 굳은 채, 그는 존경심이 가득한 목소리로 "네, 알겠습네다"와 "네, 잘 알겠습네다"를 반복했다. 마침내 그가 말했다, "네, 잘 알겠습네다. 즉시 처리하고서 국장님께 직접 보고 올리갔습네다."

그를 바라보지도 않은 채 침묵을 지키면서, 나는 그 전화가 나에 관한 전화인지, 그리고 만일 나에 관한 전화라면, 나에게 유리한 일인지 생각해보았다. 나그추에서 여기 신의주까지 오면서, 물론 나는 내가 갑자기 강제 노동에서 풀려나게 된 사정에 대해 생각했었다.

무슨 얘기가 미리 돌지는 않았다──여단에 무슨 소문이 돈 것도 아니고, 친분이 쌓인 장교들이 내게 무슨 암시를 준 것도 아니고, 동료들이 무슨 얘기를 들어서 내게 옮긴 것도 아니었다. 그리고 군단이 스스로 나를 풀어줄, 그래서 숙련된 노동자 하나를 잃을, 까닭은 전혀 없었다. 실은, 중국의 민주화에 따라 죄수 여단들의 병력이 줄어들면서, 군단은 노동력을 유지하는 데 애를 먹고 있다는 얘기가 꽤 오래전부터 돌았었다. 모든 증거들은 군단이 나를 풀어주도록 외부의 누가, 군단이 가치 있는 인적 자산을 포기하도록 강요할 만큼 강력하고 군단의 엄청난 권력과 관료주의에 맞설 만큼 결심이 굳은 누가, 군단에 압력을 넣었음을 가리켰다. 문제는 아무리 강력하고 결심이 굳은 사람이라도 필수적 기능을 날마다 수행하는 방대한 육군 부대에 도전할 수는 없다는 점이었다.

풀려난 중국인 동료들 가운데 누가 나의 석방을 위해서 애를 썼을 가능성도 생각할 수 있었다. 우리 제4여단은 죄수 여단이었으므로, 내 동료들 가운데엔 '사상 범죄'를 저지른 지식인들이 많았다. 그들 가운데 몇몇은 석방된 뒤 기성 지배 체제에 합류해서 당이나 정부의 관료 체계에서 빠르게 올라갔다. 군단에서 복역할 때, 그들 '사상범'들은 대체로 나의 처지에 동정적이었고 몇몇은 나와 가까운 사이가 되었다. 나의 체포 뒤에 부모님들에게 무슨 일이 일어났나 내가 알게 된 것도 그 친구들의 도움 덕분이었다. 그러나 나를 위해서 군단에 압력을 넣을 만한 사람이 있을 것 같지는 않았다. 그래서 여기까지 오는 동안 그것은 미스터리로 남은 터였다.

"귀국을 축하합네다, 윤 선생님," 전화가 끝나자, 그가 밝은 웃음을 지으면서 말했다.

나는 정말로 놀랐다. 순식간에 오만한 하급 관리에서 친절한 공무원으로 변신하는 것도 놀라웠지만, 그가 그런 변신을 전혀 어색해하지 않는다는 사실이 더욱 놀라웠다. "감사합네다."

내 마음 한가운데에 자리 잡은 그 미스터리에 깨달음의 빛이 닿았다. 나의 석방은 중국 당국이 아니라 조선 당국이 추진한 것이었다. 세관 검사원과 그의 상사와의 통화는 결정적 증거였다. 어찌된 일인지는 몰랐지만, 어쩌면 영영 모르게 될지도 몰랐지만, 나를 고국으로 불러들인 것은 애초에 나를 추방했던 이곳의 권력이었다.

"윤 선생님, 외국에서 돌아온 사람들은 적절한 재교육 과정에 참여해야 합네다."

"네, 알갔습네다." 얼떨떨한 마음을 다잡으면서, 나는 씩씩하게 대답했다.

하긴 재교육은 당연히 따를 절차였다. 조선 사회가 지난 이십오 년 동안에 어떻게 바뀌었든, 정권은 인민들을 철저하게 통제하는 체제를 유지해왔을 터였다. 그리고 정권이 나와 같은 사람을, 그들에겐 '정신적 문둥이'로 비칠 존재를, 재교육을 통해서 바꾸지 않고 그대로 사회에 풀어놓는 것은 상상하기 어려웠다.

"재교육 대상자는 귀국 후 십오 일 이내에 평양에 있는 중앙재교육본부에 신고하도록 되어 있습네다."

"잘 알갔습네다. 중앙재교육본부라고 하셨디요?"

"맞습네다. 중앙재교육본부. 이따가 주소와 약도를 드리갔습네다. 이제 귀국증명서를 발급해드리갔습네다. 주민신분증이 발급되기 전까지 귀국증명서를 사용하시면 됩네다."

"감사합네다."

그는 컴퓨터에 정보를 입력하기 시작했다.

"조사관님," 나는 조심스럽게 말했다.

"네," 화면에서 눈길을 돌리지 않은 채, 그가 대꾸했다.

"주민신분증은 어데서 발급받습네까?"

그가 화면에서 눈길을 들어 잠시 생각을 가다듬었다. "이전 발급지에서 받으시면 됩네다. 함흥이셨디요?"

"네. 잘 알겠습네다."

몇 가지 사항들을 입력한 뒤에, 그가 나를 쳐다보았다. "거주지는 어데로 하실 생각이신디요?"

문득 마음이 아득해졌다. 내가 머물러 살 곳이 마음에 떠오르지 않았다. 부모님은 돌아가셨고 형제도 친구도 없었다. 그저 주소만 빌리자고 얘기할 사람조차 떠오르지 않았다. 스물다섯 해 동안 그리워한 이 익숙한 땅에 낯선 나그네가 되어 돌아온 것이었다.

"저는 갈 만한 곳이 없습네다. 부모님은 오래전에 돌아가셨다고 들었고. 형제도 없고. 이제는 친구도 없을 테고. 그래도 부모님이 사셨던 곳에 일단……" 잠시 생각한 뒤, 나는 조심스럽게 물었다. "조사관님, 제 부모님의 주소와 묘소가 어데인디 알 수 없갔습네까?"

그는 고개를 끄덕이고 자판을 만졌다. "선친의 성함이 윤인수이시디요?"

"네, 맞습네다."

"윤 선생님 선친께선 청진시 북구 신설동에서 사셨습네다. 그리고 이천오십일 년 십이월 이십구 일 청진국립병원에서 돌아가셨습네다. 사인은 심장마비로 나왔습네다."

"아, 네. 감사합네다."

외아들이 붙잡혀 간 뒤 겨우 두 해를 더 산 것이었다. 마흔여섯. 날카로운 아픔이 가슴을 후비고서 천천히 사라졌다.

"어머님 성함은 리순히이시디요?"

"네, 맞습네다."

"어머님께선 이천육십이 년 십이월 이십육 일 청진국립병원에서 돌아가셨습네다. 사인은 위암으로 나왔습네다."

"아, 네. 감사합네다."

십일 년. 고독한 십일 년. 곁에 아무도 없이 혼자 암을 견디다 맞은 죽음.

나는 마음을 다잡고 공손히 물었다, "조사관님, 두 분이 어데 묻히셨는디 알 수 있갔습네까?"

그는 고개를 저었다. "매장지는 여기 나오지 않는데. 아무래도 병원에 가서 물어보셔야 할 것 같습니다. 병원엔 아마 기록이 있을 겁네다."

"알갔습네다. 감사합네다."

"거주지는 어데로 하실 생각이십네까? 부모님 주소는, 두 분다 오래전에 돌아가셨으니, 다른 사람이 살고 있을 겁니다."

나는 다시 다급한 마음으로 임시 주소를 빌려줄 만한 사람을 찾았다. 그러나 이름이 단 하나도 떠오르지 않았다. 대학 시절의 친구들은 거의 다 붙잡혀서 처형되었거나 감옥에 갔다. 누가 살았는지, 살았으면 어디 있는지, 알지도 못하는 상황이었다.

그가 나를 빤히 쳐다보고 있었다. 재촉하는 눈길에 성가셔 하는 빛이 슬쩍 어린 듯했다.

그가 갑자기 적대적으로 바뀔까 걱정이 되었다. 나는 너무 소중해서 다른 사람들에게 얘기한 적이 없는 이름을 내가 입 밖에 내는 소리를 아득하게 들었다. "박민히란 사람을 찾을 수 있을까요? 박민히."

"누구요?"

"박민히. 이천사십구 년에 김정일혁명대학교 음악대학 삼 학년 학생이었습네다."

민히를 찾는 데는 시간이 좀 걸렸다. "아, 여기 나왔습네다. 이천오십일 년에 김정일혁명대학교 음악대학 성악과 졸업. 지금 함흥에 살고 있습네다."

"아, 함흥에요?" 내 가슴은 거품 이는 감정들의 소용돌이였다. 그렇게 긴 세월이 흘렀는데, 민히는 아직 함흥에 살고 있었다.

"네. 함흥에 살고 있습네다. 이 사람 누구인가요?" 그가 보이는 친절에도 불구하고, 그의 눈엔 직업적 호기심이 번들거렸다.

두려움과 후회가 내 마음을 덮쳤다. 내가 당국의 관심을 민히에게로 유도한 것이었다. 그러나 이미 저질러진 실수였다. 나는 솔직히 얘기하기로 마음먹었다. 어차피 경험 있는 조사관을 내가 속일 수는 없으니, 차라리 그에게 도움을 청하는 것이 나을 터였다.

"제가 체포되었을 때, 저와 박민히는······" 나는 급히 말을 끊었다. 그날 우리는 함께 있다가 함께 체포되었으나 그 뒤에 어찌 된 일인지 그녀는 재판에 나오지 않았다는 사실을 그에게 밝힐 수는 없었다. "저와 박민히는 서로 사랑하는 사이였습네다."

그가 무슨 얘기인지 알겠다는 뜻의 웃음을 지었다. 그는 민히의 주소를 만들던 서류에 입력했다. 그리고 안됐다는 얼굴로 말했다, "박민히는 지금 결혼해서 아이를 셋 두었습네다."

"아, 네." 고개를 끄덕이면서 태연한 목소리를 냈지만, 나는 가슴이 실망으로 차갑고 어둑해지는 것을 느꼈다. 물론 나는 민히가 오래전에 결혼했으리라고 자신에게 일러왔다. 그녀가 젊을 때 사귄, 이제는 어디 있는지도 모르는 남자 친구가 돌아오기를 기다리면서 혼자 늙어가리라고 기대하는 것은 너무 우스꽝스러워서 생각하는 것만도 부끄러워질 일이었다. 그래도 나는 예상보다 훨씬 큰 실망을 느꼈다.

곧 컴퓨터가 소리를 내더니 서류 하나를 뱉아냈다. 그는 그것을 집어 찬찬히 훑어보더니, 만족스러운 얼굴로 내게 내밀었다. "여기 귀국증명서······"

서류를 받아 들면서, 나는 그에게 허리 숙여 인사했다. "정말로 감사합네다."

"윤 선생님, 다시 한 번 귀국을 환영합네다." 그가 일어나 손을 내밀었다.

세관 정문을 나서면서, 비로소 나는 여유를 갖고 둘레 풍경을 살폈다. 중국과의 교역과 왕래가 활발한 도시인지라, 신의주는 조선에서 가장 번창하는 도시들 가운데 하나였다. 중국의 도시들과는 비교가 되지 않았지만, 그래도 활기가 있었다.

세관 옆 좁은 화단에 철쭉들이 흐드러지게 피고 있었다. 칭하이나 시창과는 다른 봄 풍경이었다. 낯익은 그러나 어쩐지 낯선 고향의 모습이었다. 그 꽃들에게 고갯짓을 해 보이고서, 신의주역을 향해서 걸었다.

제3장

삶의 선물

함흥역을 나서니, 광장에서 되비친 햇살이 정신을 어지럽게
했다. 중국의 역들에 비기면, 조선의 역들은 시설이 너무 빈약
했다. 역사를 나오면, 으레 큰 광장이 덩그러니 누워 있었다.
그늘도 쉴 곳도 드물었다. 세계에서 가장 발전된 철도 체계를
자랑하는 중국과 모든 면들에서 크게 뒤진 조선을 비교하는 것
은 물론 무리였다. 그래서 느리고 낡고 지저분한 열차들은 그
런 대로 이해할 수 있었다. 그러나 역사 바로 앞에 승객들을
위한 의자 하나 변변한 것이 없는 광경은 내 지친 가슴에서도
뜨거운 무엇을 불러냈다. 아직도 군중 집회로 쓸 공간을 확보
하기 위해 이렇게 텅 빈 광장을 놓아두고 있다는 현실이 내가
조국으로 돌아왔다는 사실을 아프게 일깨워주었다.

그래도 고향은 고향이었다. 가슴은 어느새 그리움과 반가움으로 부풀고 있었다. 들고 있던 작은 가방을 내려놓고, 한 바퀴 둘러보았다. 역 둘레는 많이 바뀌었다. 역 광장 건너편의 건물들은 훨씬 크고 화려했다. '황초령'이 있던 곳에 내 눈길이 머물렀다. 훨씬 높은 빌딩이 그 자리에 솟아 있었다. 그리움과 아쉬움의 물살에 가슴을 맡긴 채, 나는 한동안 그 빌딩에 '황초령'의 모습을 투사해보았다. '황초령'은 우리 '봉선화 독서 동아리' 동료들이 즐겨 찾던 음식점으로 나와 민히가 체포된 날도 우리는 거기 함께 있었다.

가벼운 한숨과 함께 가방을 집어들고서, 한쪽에 선 안내판으로 향했다. 함흥시의 관광 명소들이 나온 대형 지도였다. 행정 구역들의 이름은 대체로 그대로였는데, 변두리 새로 개발된 지역들에 낯선 이름들이 붙어 있었다. 경제 발전은 다른 어떤 것보다도 효과적으로 도시들을 바꾼다는 얘기가 생각났다. 내게 그 얘기를 해준 후시메이는 몇 해 전에 군단의 강제 노동에서 풀려나더니 지금은 경제 부처의 요직에 있다고 했다.

나는 민히가 사는 파촌동까지 걸어가기로 했다. 그 동네는 그리 멀지 않았고, 날씨도 좋았다. 그리고 철도로 오래 여행한 터라, 몸을 풀고 싶었다. 천천히 걸으면서 내 고향 도시가 그동안 어떻게 바뀌었는지 살피고 싶기도 했다. 무엇보다도, 오랜 세월이 지난 뒤 그녀와 만나려면, 마음의 준비가 필요했다.

번잡한 거리의 풍경들을 마음에 받아들이고 옛 모습과 비교하면서, 나는 빠르게 걸었다. 살기가 나아진 것은 분명했다. 거리마다 상점들이 많아졌고 질이 좋은 물건들이 많이 쌓여 있었다. 거리 분위기도 훨씬 밝아졌고 사람들의 표정과 말씨에도 여유가 있었다. 현 정권의 개혁 정책이 상당한 성공을 거두고 있다는 얘기였다.

김일성이 세운 김씨 왕조가 무너지고 군부 정권이 들어선 뒤, 조선의 경제는 뒤늦게 성장하기 시작했다. 내가 중국에서 지낸 기간에 조선은 개혁 정책을 추진했고 조심스럽게 국제 교역 체제에 참여하기 시작했다. 남조선과의 관계도 차츰 안정적이 되어갔고 군비 축소도 이루었다. 조선 정권을 지탱해준 중국이 점점 자유로운 사회로 바뀌는데, 조선이 극도로 압제적인 사회로 남기는 어려웠다. 덕분에 인민들은 늘 배를 굶주리는 상태에서 벗어났다.

경제 발전은 필연적으로 정치 개혁을 불렀다. 재작년에 들어선 현 정권은 조선의 기준으로는 상당히 대담한 정치 개혁을 시도하고 있었다. 여기까지 오는 동안에 읽고 들으면서 짐작한 바로는, 새 지도자와 그를 보좌하는 세력은 모든 분야들에서 상당히 과감한 자유화를 추진해왔으며 김씨 왕조와 이전 군부 정권들의 극단적 압제가 남긴 상처들을 치유하려 노력하고 있었다. 중국으로 추방되어 강제 노동에 종사하던 사람들도 불러들였다. 나처럼 조선이 중국의 지배에서 벗어나 실질적으로 독립해야 한다고 주장한 '사상범'들까지도. 그런 민족주의적 태도는 중국에 대한 반감을 품은 인민들에게 환영을 받았고 현정권의 지도자는 민족주의적 감정의 물결에 올라타 높은 인기를 누리고 있었다. 내가 걸어온 길을 알면, 사람들은 나를 영웅으로 대접했다. 바로 그런 사정이 내가 갑자기 군단에서 풀려나게 된 근본적 이유였다.

파촌동에 다다랐을 때는 몸이 땀에 젖었다. 몸도 마음도 상쾌했다. 이제 나도 마흔넷이지만, 내 몸은 마르고 단단했다. 군단에서 강요한 힘든 노동과 금욕적 삶은 내 몸을 덜 늙게 했다. 나는 시창 고원에서 내가 한 일들에 대해, 도시에서 안락하게 사는 사람들은 견뎌낼 수 없을 그 힘든 일들에 대해, 은근한 자부심을 품고 있었다. 실은 내세울 학력도 경력도 없고 아는 사람도 없는 처지라, 나는 몸을 쓰는 일들을 하면서 생계를 꾸릴 생각이었다. 시창 고원의 겨울철을 스무 번 넘게 견뎌냈다는 사실보다 지금 나에게 더 든든함을 주는 것은 없었다.

그녀가 사는 아파트는 어렵지 않게 찾을 수 있었다. 야윈 소나무들로 덮인 나지막한 언덕 아래 낡은 아파트 예닐곱 채가 서 있었다. 들떴던 내 마음이 문득 가라앉으면서, 모습을 갖추지 못한 두려움이 검은 안개처럼 마음을 가렸다. 한눈에도 그녀가 잘살지 못한다는 것을 알 수 있었다. 함께 중대 범죄를 저질러 체포되었어도 혼자 무사했을 만큼 든든한 집안에서 자라난 그녀가 이 초라한 아파트에 살게 된 내력이 내 마음을 압박했다.

한숨을 내쉬고서, '102동'이라고 쓰인 건물로 향했다. 씁쓸했다. 여기까지 걸어오면서, 민히와의 해후를 멋지게 할 길을 궁리했었다. 날벼락을 맞은 것 같은 상황에서 헤어져 스물다섯 해 만에 처음 만나니, 극적인 상황이기도 했다. 그런 극적인 상황에 어울리는 화사한 해후를 하고 싶었었다. 아쉽게도, 삶에 찌든 사람들이 살 듯한 이 낡고 초라한 아파트는 그렇게 화사한 해후가 나올 수 있는 환경이 못 되었다.

아파트는 5층 건물이었는데, 승강기는 없었다. 3층까지 계단을 올라가면서, 나는 어쩔 수 없이 자신에게 물었다, 이렇게 그녀를 찾아온 것이 과연 옳은 일이었는가. 물론 어리석은 물음이었다. 신의주 세관에서 내가 박민히라는 이름을 댔을 때, 나는 옳고 그름을 따질 형편이 못 되었었다. 그래도 마음이 너무 무거워서, 2층과 3층 사이에 멈춰 서서, 한참 마음을 가다듬어야 했다.

다시 주소를 확인하면서, 가슴이 크게 뛰는 것을 느꼈다. 한순간 차라리 민히가 여기 살지 않기를 바라는 마음까지 들었다. 물을 한 모금 마시고 천천히 깊은 숨을 쉰 다음, 문 옆에 달린 초인종을 눌렀다. 집 안에서 종이 울리는 소리가 났다.

"누구세요?" 조심스러운 여자 목소리가 물었다. 민히의 목소리로는 너무 어렸다.

"여기가 박민히 씨 댁입네까?"

"네." 이번에는 문 바로 너머에서 목소리가 들렸다.

나는 그녀가 나를 제대로 살필 수 있도록 한 걸음 뒤로 물러났다. "저는 박민히 씨의 김정일혁명대학 동창생입네다. 박민히 씨를 뵈러 찾아왔습네다."

"아, 네, 알겠습니다. 잠깐 기다려주세요."

"누구?" 다른 목소리가 들리면서 다가오는 발자국 소리가 났다.

판자 틈새로 들어오는 햇살의 얇은 조각처럼 알아들음이 내 어둑한 마음을 환히 밝히면서, 가슴에서 감정의 물결이 느닷없이 넘실거렸다. 갑자기 탁해진 목소리로 나는 대꾸했다. "저는 박민히 씨가 대학 다니실 때 친구였습네다. 박민히 씨를 뵈려고 찾아왔습네다."

발소리가 나고서 좀 있다가, 문이 조심스럽게 열렸다. 중년 여인이 서 있었다, 손잡이를 잡은 채 강렬한 눈길로 나를 살피면서.

나는 그대로 서 있었다, 그녀에게 나를 보이면서. 벗은 채로 선 느낌이었다. 만일 그녀가 나를 차갑게 대하면 어떻게 할 것인지, 이미 여러 번 마음속으로 연습한 터였다. 나는 점잖게 떠날 것이었다. 그녀의 결혼 생활에 대한 축복을 남기고. 군단에서의 그 힘든 삶을 견딜 힘을 준 우리 사랑의 기억을 소중히 지닌 채.

"저그나야?" 그녀의 얼굴이 알아봄으로 환해졌다. "정말 저그나야?"

"네, 누님, 접네다." 목소리가 탁하게 나왔다. 가슴에 감정의 물결이 높게 일렁여서, 내 마음은 오히려 둔감하게 느껴졌다.

환한 그녀 얼굴에 감정들이 구름 그늘처럼 스쳤다. "저그나. 저그나가 정말 돌아왔구나." 그녀가 문득 감정이 사라진 목소리로 말했다.

"네, 누님. 이제야 돌아왔습네다." 나는 얼굴에 작은 미소를 올렸다.

"어서 들어와." 그녀가 한 걸음 물러섰다.

나는 조심스럽게 안으로 들어섰다. 문이 닫히기도 전에, 그녀가 팔을 뻗어 나를 안았다. "저그나가 돌아왔구나."

그녀의 울음 섞인 목소리에 내 속에 있던 무슨 둑이 터지면서, 감정의 물살이 마음을 덮었다. 가방을 든 채, 나는 한 손으로 그녀를 안았다. "누님."

그녀 냄새에 내 마음이 어쩔했다. 눈 감고서 나는 그녀 냄새를 깊이 들이켰다. 깨어난 기억들이 도도한 물결로 밀려왔다. 그녀 울음이 몸으로 전해왔다. 어찌해야 좋을지 몰라, 그저 그녀 등을 쓰다듬었다, 달랠 수 없는 슬픔을 가진 아이를 달래는 것처럼. 감은 내 눈앞에 시창 고원의 빙하가 떠올랐다. 그녀 눈물은 가슴속 깊은 산줄기에 쌓인 슬픔의 빙하가 녹은 시내였다. 그녀 가슴의 빙하가 다 녹으려면, 아주 오래 걸릴 터였다. 슬픔의 빙하가 녹은 맑고 시린 눈물을 가슴에 느끼면서, 나는 슬프고도 기뻤다. 민히는 아직도 나를 사랑하고 있었다. 그 오 랜 세월이 흐른 지금. 그제야 눈물이 났다. 간절한 그리움과 희망 없는 슬픔이 아린 눈물로 녹고 있었다.

이윽고 그녀가 팔을 풀고 마루로 올라섰다. 손등으로 눈물을 훔치면서, 울음이 덜 가신 목소리로 말했다. "올라와. 가방 이 리 주고."

신을 벗고 마루로 올라서면서, 나는 그녀 뒤에서 우리를 바 라보는 젊은 여인을 흘긋 살폈다. 눈길이 마주치자, 그녀가 살 짝 웃었다.

민히와 마주 서자, 다시 벌거벗고 선 느낌이 들었다. 스물다 섯 해는 젊은 연인들이 헤어졌다 다시 만나기엔 너무 긴 세월 임을 절실하게 느꼈다.

"저그나, 저그나는 하나도 변하디 않았네." 그녀가 내 볼을 쓰다듬었다. "나는 이제 늙은이가 다 되었는데." 아쉬움이, 미 안함에 가까운 아쉬움이 그녀 얼굴을 스쳤다.

내 입에서 문득 웃음이 나왔다. "누님, 누님도 나도 이젠 늙 었소."

그녀 얼굴이 밝아졌다. "그럼. 이제 우린 다 늙었디."

"허디만, 누님은 그때나 지금이나 여전히 곱소. 나한테는 누 님이 세상에서 제일 곱소." 무슨 대사처럼 느껴졌지만, 아무래 도 좋았다.

"저그나." 그녀가 내 손을 꼬옥 잡았다.

"네, 누님."

"저그나한테 자식이 있다는 것 아직 모르디?"

내 눈길이 뒤쪽에서 우리를 살피던 젊은 여인에게로 무슨 힘에 끌린 듯 옮겨갔다. 민히의 얘기가 전혀 뜻밖이었던 것은 아니었다. 내 무의식은 젊은 여인의 목소리를 들은 순간부터 그런 가능성을 생각하고 있었던 듯했다. 그래도 그 얘기는 내 마음을 한껏 밝혔다. 나는 소곳이 서서 조용한 웃음을 얼굴에 띠고 내 눈길을 받는 젊은 여인을 쳐다보았다. 내 딸이 분명했다. 무어라 설명할 수는 없었지만, 내 마음엔 그녀가 내 자식이라는 확신이 묵직하게 자리 잡았다.

"내 자식?" 나는 뒤늦게 거의 기계적으로 되물었다.

"저그나 자식." 그녀가 내게 확인해주고서 딸아이에게 말했다. "신지야, 네 아빠 오셨다."

"아빠." 기쁨이 활짝 핀 얼굴로 그녀가 두 팔을 내밀고 성큼 내게 다가섰다.

말이 나오지 않았다. 그저 두 팔로 내 딸을 껴안았다.

"아빠. 오실 줄 알았어요."

나는 제 엄마보다 큰 딸아이를 안고서 손으로 등을 다독거렸다. "고맙다. 고맙다, 신지야."

그토록 비참하게 지나간 내 삶이 나 모르게 준비해온 기적의 선물을 안고서, 나는 눈 감고 딸아이의 향긋한 냄새를 들이켰다. 하늘의 음악이 문득 생겨난 우리 가족을 감싸고 도는 듯했

다. 한참 만에 마음을 다잡고 눈을 떴다. 눈물 속으로 보이는
세상은 그리도 평화롭고 자비로웠다.

제4장

아버지와 딸

"무척 힘들었디, 아빠도 없이 지내느라?" 솟는 눈물을 가까스로 누르면서, 나는 탁해진 목소리로 물었다. 언젠가 신지와 한 번은 해야 할 얘기였다.

"그리 힘들진 않았어요." 살짝 고개를 젓고서, 신지는 행복감이 은은한 웃음으로 배어 나온 얼굴로 나를 올려다보았다. "전 그저 아빠가 보고 싶었어요."

녀석의 말씨는 보드라웠다. 목소리는 제 엄마와 비슷했지만, 말씨는 많이 달랐다. 신의주에서 여기까지 오는 사이에 들은 젊은이들 말씨가 다 그랬다. 남조선 말씨를 많이 닮은 듯했다. 방송과 영화를 통해서 밀려들어온 남조선 문화는 모든 분야들에서 큰 영향을 미쳤다. 언어는 특히 큰 영향을 받았다. 하긴 우리 세대의 말씨도 남조선의 영향을 너무 많이 받았다고 어른들이 말씀하시곤 했다.

"그래? 난 신지가 태어난 줄도 몰랐는데. 얼굴도 모르는 아빠가 보고 싶었니?"

"엄마가 아빠 얘기 많이 해주셨어요. 아빠가 어떻게 생기셨는지, 무엇을 좋아하시는지. 아빤 제가 생각했던 것과 정말 똑같아요."

녀석의 손을 잡고서 천천히 쓰다듬었다. 거친 손이었다. 그 거친 손이 아비 없이 자라난 내 딸의 삶을 유창하게 말해주었다. 민희는 신지가 작은 공장에서 일하고 있다고 했다. 무슨 공장에서 무슨 일을 하는지는 몰라도, 조선 사회에서 아비 없는 소녀가 얻을 수 있는 일자리가 어떠한지 짐작하기는 어렵지 않았다. 그래도 나는 행복했다. 딸을 가졌다는 것—그것은 내가 군단에서 보낸 긴 세월에 꿈속에서도 감히 꿈꾸어보지 못한 기적이었다. 나는 그저 녀석의 거친 손을 쓰다듬었다. 딸이라는 모습의 기적이 딸의 거친 손에서 내 거친 손으로 물질적으로 전해올 수 있는 것처럼.

"신지는 그림을 잘 그린다고 엄마가 그러던데."

녀석이 싱긋 웃으면서 고개를 저었다. "잘 그린다고 할 수준은 못 돼요. 엄만 기회만 생기면, '우리 딸 그림 솜씨가 괜찮습네다'라고 자랑하시거든요."

"아까 엄마가 보여준 그림들은 됻더라. 앞으로 그림 그리고 싶니?"

"그림 그리는 것이 얼마나 돈이 많이 드는데요." 녀석이 살짝 고개를 저었다.

"아빠가 지금 당장 도와줄 수는 없디만, 여유가 좀 생기문, 그림 그릴 수 있게 도와주마."

"아빠, 고마워요."

녀석 얼굴의 행복한 웃음에 마음이 밝아져서, 나는 느긋한 눈길로 어린이 놀이터를 둘러보았다. 뒤늦게 생각나서 덧붙인 것처럼, 아파트 단지 한구석에 만들어진 작고 초라한 놀이터였다. 미끄럼틀, 정글, 시소, 그네, 철봉 따위 흔한 놀이 기구들이 성의 없이 설치되어 성의 없이 유지되고 있었다. 그나마 둘레에 심긴 진달래들이 활짝 피어서 삭막한 느낌을 누그러뜨려 주었다.

그래도 딸아이와 오붓한 시간을 보낼 곳을 쉽게 찾게 되어서, 나로선 고마울 따름이었다. 신지가 내 자식이라는 것을 알게 되자, 나는 오히려 내가 민히의 가정 속으로 느닷없이 들어온 존재임을 예민하게 느꼈다. 그녀의 반가움 뒤에서 어른거리는 불안이 나를 더욱 불안하게 했다. 그래서 신지와 함께 산책하면서 얘기하겠노라고 서둘러 나온 참이었다.

그러다 보니, 정작 민히와는 얘기도 제대로 나누지 못했다. 딸을 가졌다는 기적 같은 사실에 압도되어, 나는 그녀에게 우리가 헤어진 뒤 일어난 일들에 대해 자세하게 묻지 않았다. 내가 그녀의 삶에 대해 안 것들은 우리 딸이 태어나서 자라난 과정을 얘기하면서 알게 된 것들이었다.

내가 추측한 대로, 그녀 아버지가 애쓴 덕분에 그녀는 기소되지 않았다. 그때 그녀는 내게 자기 아버지가 누구인지 밝히지 않았지만, 재판 과정에서 사람들이 그녀 아버지가 당의 요직에 있다고 수군거리는 것을 들었었다. 이듬해 9월에 신지가 태어났다. 두 해 뒤 그녀 아버지가 교통사고로 죽었다. 그 뒤로 그녀는 혼자서 생계를 꾸려야 했다. 그녀는 혼자 딸을 키운 것에 대해 길게 얘기하지 않았다. 대신 그녀 몸이—주름 많은 얼굴, 굵어진 팔, 거칠어진 손, 그리고 수심이 어린 눈이—그녀가 어떻게 살았는지 말해주었다.

나는 그저 눈물만 흘렸다, 그녀의 거친 손을 나의 더 거친 손으로 쓰다듬으면서. 젊던 시절이, 그때 우리 모습이 하도 그리워서. 내 딸을 낳아서 어여쁜 처녀로 키워놓은 그녀가 하도 고마워서.

신지가 초등학교에 들어갔을 때, 민희는 직장을 옮겼고 같이 일하던 사내와 결혼했다. 그는 딸 하나를 둔 홀아비였다. 그들 사이에 아들 둘이 태어나서 지금 중학교에 다니고 있었고 민희의 의붓딸은 결혼해서 평양에 살고 있었다.

작은 계집애가 달려왔다. 녀석은 즐거운 소리를 지르면서 놀이터 한복판에 선 미끄럼틀 둘레를 돌았다. 젊은 부부가 얘기하면서 천천히 걸어왔다.

상실감이 가슴을 아프게 훑었다. 나는 어린 딸과 함께 있어준 적도, 놀이터에 데리고 간 적도, 함께 논 적도, 넘어졌을 때일으켜준 적도, 옛날이야기를 들려준 적도, 자장가로 재워준적도 없었다. 내 딸은 아빠를 본 적도 없이, 아빠 손잡고 어디가본 적도 없이, 생일에 아빠 선물을 받아본 적도 없이 혼자자랐다. 아빠 없는 소녀의 삶—그 외로움과 어려움을 이제 내가 무엇으로 덜어줄 수 있겠는가?

"신지야, 미안하다. 아빠가 필요할 때, 아빠는 한 번도……아빠는 신지헌테 너무 미안하다." 눈물은 가까스로 눌렀지만,목소리는 어쩔 수 없이 떨렸다.

"아빠." 녀석은 내 손을 토닥거리면서 환한 얼굴로 나를 올려다보았다. "아빠가 너무 너무 그리웠어요. 그렇지만, 아빠가우리나라를 위해 애쓰다가 붙잡혀 가셨고 먼 곳에서 고생하신다는 것을 알았기 때문에…… 엄마가 아빠 얘기를 다 해줬거든요. 그런 얘기를 제대로 알아듣기엔 너무 어렸을 때부터요."

"아, 그랬구나. 신지 네가 여기서 그렇게 씩씩하게 큰다는것을 알았다면, 아빠가……" 나는 말을 끝내지 못했다. 설령딸이 고국에서 자라고 있다는 것을 알았다 하더라도, 내가 해줄 수 있었던 것이야 물론 없었다.

"괜찮았어요, 아빠. 아빠가 그리웠지만, 아빠가 우리랑 함께산다면 얼마나 좋을까, 맨날 생각했지만, 아빠가 훌륭한 분이시라는 것을 알았으니까, 아빠가 늘 자랑스러웠어요." 녀석이 존경과 자랑이 가득 담긴 눈길로 나를 올려다보았다.

덜컥 겁이 났다. 딸의 그런 눈길을 받으면서, 자신의 초라한 모습이 드러날 것을 걱정하지 않는 아비가 어디 있겠는가?

"아빠, 제가 초등학교 이 학년 때, 우리 반에 정말로 밥맛없는 애가 하나 있었어요. 그 계집애가 저를 놀렸어요, 아버지 없는 애라고. 그러니까, 다른 애들도 덩달아 놀리더라구요. 전 혼자라 대꾸할 수가 없어서 울었어요. 그날 저녁에 엄마한테 얘기했더니, 엄마가 선생님께 얘기한다고 했어요. 그다음 날인가, 선생님께서 우리 반 애들에게 말씀하셨어요, '여러분 모두 신지를 놀린 것을 부끄러워해야 합니다. 아빠나 엄마가 없는 학생이 무슨 잘못을 했나요? 그리고 신지 아빠는 훌륭한 분이세요. 선생님도 그분을 존경합니다.' 그다음엔, 아빠, 제가 신데렐라가 됐어요."

우리는 함께 웃었다.

"아빠, 제가 다른 사람에게 아빠 얘기한 적은 드물지만요, 사람들이 아빠 얘기를 들으면, 모두 저를 다시 보고 잘 대해주었어요."

나는 자신을 애국자라고 여긴 적이 없었다. 비록 '반중국 독립운동'으로 체포되어 재판을 받고 중국에서 강제 노동을 해야 했지만, 내가 실제로 독립운동을 한 것은 아니었다. 그저 독립운동을 하던 학생들의 독서 동아리에 얼결에 들어가서 몇 달 동안 불온한 책들을 읽은 것뿐이었다. 그런데 이제 사람들이 나를 영웅으로 떠받들고 있었고, 나는 그것이 적잖이 마음에 걸렸다. 그러나 애국자라는 내 평판이 딸아이를 보호했다면, 나로선 고마울 따름이었다. 앞으로도 그러하기를 바라는 마음이었다.

"다행이구나." 미끄럼틀을 즐기는 어린 딸을 살피는 부부를 아쉬운 눈길로 바라보면서, 나는 목소리에 힘을 주어 말했다. "이제부턴 아빠가 너를 돌보마. 아빠는 지금 가진 것이 없어서 당장 해줄 수 있는 것은 없다. 허디만 아빠는 몸이 튼튼하고 기술도 있으니끼니, 곧 일자리를 얻을 수 있을 거다."

우리는 서로 쳐다보면서 행복한 웃음을 지었다. 행복이 내 살을 가득 채운 것처럼 느껴졌다.

"고마워요, 아빠. 하지만, 전 혼자서도 잘해요. 저는요, 아빠가 돌아오신 것이 너무너무 좋아요. 그것으로 좋아요. 아빠는 그저 건강하고 행복하세요."

무어라고 대꾸해야 할지 몰라서, 나는 그저 고개만 끄덕였다. 이리 마음씨 곱고 어른스러운 딸을 두었다는 것이 내겐 과분한 복이었고, 그래서 내가 오래 지키지 못할 것만 같은 불안이 마음 한구석에 엎드려 있었다.

그 불안감을 밀어내려고 나는 고개를 흔들고 둘레를 한 바퀴 둘러보았다. "신지야, 저기 가게가 있다. 우리 저기 가서 뭐 마실 거 좀……?"

"그래요, 아빠."

우리는 일어나서 가게를 향해 천천히 걸었다. 딸아이와 함께 이렇게 걷는 것은 내가 감히 바라지 못했던 행운이었다. 물이 오르는 봄철 나무인 듯, 나는 살에 파란 수액처럼 행복이 가득 차는 것을 느꼈다. 요정처럼 고운 딸과 함께 걷는 아빠의 자랑 스러운 눈길로 나는 둘러보았다. 좁고 초라한 놀이터는 이제 마법의 땅이었다. 모든 것들이 환상적 모습을 하고서 매력을 풍기면서 요정 이야기를 들려주고 있었다.

'이 작은 일이, 마실 것을 사려고 다 자란 딸과 함께 가게로 걸어가는 이 작은 일이, 이처럼 큰 행복을 주는데, 만일 내 아 이를 내 연인과 함께 기를 수 있었다면, 어떠했을까? 호기심에 서 끊임없이 물어대는 신지에게 일일이 정성 들여 대꾸해주고, 장난감을 사 들고 집에 들어오고, 함께 저녁을 먹고, 동화책을 읽어주고, 자장가를 불러서 재우는 그런 평범한 일상이 내게도 주어졌다면, 어떠했을까? 나는 얼마나 큰 행복을 잃은 것일 까?'

그러나 나는 이내 고개를 저었다. 도움이 안 되는 생각이었 다. 어쩐지 좀 방정맞은, 그래서 어쩐지 상서롭지 못하게 느껴 지는 그 생각이 남긴 뒷맛을 씻어 내리려는 것처럼, 나는 남아 있는 삶을 내 딸을 위해 바치기로 굳게 다짐했다.

"아빠, 그거 아세요?"

"뭐?"

"아빠는 늘 제 수호천사이셨어요.

"그래?" 딸이 있다는 것조차 모르는 아비가 어떻게 수호천사가 될 수 있나 하는 생각에 야릇한 웃음이 얼굴에 번지는 것을 느끼며, 나는 녀석의 얼굴을 살폈다.

녀석은 진지했다. "전 아빠가 나라를 위해서 애쓰다가 중국에서 고생하신다는 걸 잘 알았어요. 그래서 어려운 일이 생길 때마다 저에게 말했어요, '윤신지, 넌 애국자의 딸이야. 네 아빠는 나라를 위해서 지금 고생하신다. 아빠를 부끄럽게 하면 안 된다.' 그러면 마음이 차분해졌어요. 그리고 어려운 일도 해낼 수 있었어요."

목이 메어서 무슨 대꾸를 하지 못하고, 나는 걸음을 멈추고 녀석을 껴안았다.

녀석도 나를 힘껏 껴안았다. 그리고 내 어깨에 머리를 기대더니 흐느끼기 시작했다.

누르려고 해도 자꾸 솟는 아린 눈물 속으로 보이는 아련한 세상 속에서 아빠 없는 어린 계집애 혼자 거센 물결을 헤치고 있었다. 보지도 못한 아빠가 애국자라는 생각을 조각배로 삼고서, 삼킬 듯 일렁이는 파도를 혼자 헤치고 있었다. 울 자격도 없다고, 눈물로 죄와 후회를 씻어낼 자격이 없다고 이르면서, 눈물을 눌러 넣었지만, 내 나름의 한이 솟구치는 것은 막을 수 없어서, 찝찔한 눈물이 볼을 타고 흘러 입안으로 들어왔다.

흐느끼는 녀석의 등을 안쓰럽게 쓰다듬다가, 문득 깨달았다. 이렇게 딸을 안고서 운다는 것이, 어둡고 힘들었던 지난 날들을 눈물로 씻어낸다는 것이 얼마나 큰 기쁨인가.

"그랬구나." 울음을 그치고 눈물을 훔치는 녀석에게 말했다.
"아빠는 신지가 그렇게 꿋꿋하게 살아온 것이 얼마나 고마운지
모른다. 신지야, 아빠는 신지가 정말 자랑스럽다."

발개진 눈에 웃음을 담고서, 녀석은 나를 자랑스럽게 올려다
보았다.

내 가슴이 사랑으로 아프게 조여들었다. 저렇게 예쁘고 착한
딸을 위해서 내가 해주지 못할 것이 무엇인가?

"아빠, 중국에서 지내실 때, 정말로 힘드셨죠?"

"뭐, 별로. 견딜 만했다. 신지야, 지금 일하는 곳은 어드런 곳
이냐?"

"작은 공장예요. 인형 만들어서 중국에 수출해요."

"그래? 너는 무슨 일을 하니?"

"맨날 똑같은 일을 하지요." 녀석이 까르르 웃음을 터뜨려,
나도 함께 웃었다.

'장미슈퍼'라는 간판이 걸린 아파트 입구의 가게는 작고 값
싼 물건들만 있었다. 둘러보아도, 선뜻 신지에게 사줄 만한 것
이 눈에 뜨이지 않았다. "마땅한 게 없다. 신지야, 뭘 들래?"

"아무것이나 다 좋아요." 녀석이 냉장고를 들여다보았다.
"전 아이스크림 하나 먹을래요."

"그래? 난," 나는 음료수가 놓인 곳을 살폈다. "난 코카콜라
하나 들란다."

녀석이 고개를 끄덕이면서 환하게 웃었다. 녀석도 아비하고 가게에 들러 무엇을 사는 경험이 즐거운 모양이었다.

"아빠가 엄마하고 대학 다닐 땐," 문득 신지가 대학을 다니지 못했다는 것이 생각나면서, 날카로운 아픔이 가슴이 후볐다. "코카콜라가 없었다."

"아, 그랬어요?"

"중국에 가서 처음으로 코카콜라 맛을 봤다. 그다음부턴 난 코카콜라 팬이 되었디." 나는 초콜릿을 골고루 골랐다. 신지의 남동생들에게 줄 것이었다.

가게 주인은 친절했다. 마흔 넘어 보이는 사내였는데, 우리가 산 물건들을 스캔하더니 상냥한 웃음과 함께 말했다. "삼천이백 원입네다."

그것이 또 하나 달라진 점이었다. 예전에 가게 주인들은, 백화점처럼 큰 가게든 이런 구멍가게든, 그저 불친절했던 것이 아니라 자신들이 손님들보다 우월하다는 생각을 드러내곤 했었다. 그때는 모든 활동들이 허가제였으므로, 가게들은 일단 독점적 지위를 누렸고, 사는 사람들보다는 파는 사람들이 우월했었다. 시장 경제가 차츰 자리잡고 개혁 정책이 세워지면서, 이제는 사정이 많이 달라졌다. 파는 사람들 사이의 경쟁은 그들로 하여금 손님들의 필요와 감정에 관심을 보이도록 만들었다. 그리고 사람들의 형편이 나아지고 돈을 많이 가진 사람들이 늘어나자, 이제는 가게마다 좋은 제품들을 구해서 진열하려 애쓰는 것이었다.

나는 가게 주인에게 칭하이은행 신용카드를 내밀었다. 군단 죄수 여단들의 요원들은 휴대전화가 허용되지 않았다. 그래서 금전 거래를 위한 특별 신용카드가 지급되었다. 그 신용카드가 이곳에서 그대로 쓰이니, 나로선 여러 모로 편리했다. 아직 신분증도 제대로 갖추지 못한 터에, 신용카드를 새로 발급받는 것은 생각만 해도 가슴이 꽉 막히는 일이었다. 그런데 실은 이 카드를 내밀면 환영을 받았다. 조선의 원화 대신 중국의 위안화로 지불되니, 그럴 만도 했다. 인플레이션이 심한 터라, 모두 국제 기축 통화인 위안화를 좋아했다. 심지어 국가 통계도 모두 위안을 쓰고 있었다.

가게 주인은 공손히 카드를 받아 들더니, 금전등록기의 판독기에 대기 전에 카드를 들여다보았다. 그리고 나를 흘긋 살폈다.

나는 그가 보이는 관심을 모른 체했다. 내 군단 제복과 칭하이은행 신용카드가 그의 호기심을 자극한 것은 자연스러웠다.

우리는 천천히 놀이터로 향했다. 신지는 얼음보숭이를 핥으면서, 나는 코카콜라를 병째로 마시면서. 우리는 행복했다. 그리고 생각나는 대로 얘기했다. 녀석이 살아오면서 겪은 일들은 아무리 작은 일화라도 내겐 소중하고 신기한 이야기였다.

녀석이 일하는 인형 공장 얘기는 내게 특히 중요했다. 그래서 계속 캐물었다. 공장은 그럭저럭 돌아가는 모양이었고, 일은 힘들지만 재미있다고 했다.

"일이 재미있다니 반갑다. 직업과 관련해서, 신지는 무슨 꿈이 있디?" 무심코 입 밖에 내고서, 나는 아차 싶었다. 나는 지금 녀석이 꿈을 이루는 데 어떤 도움을 줄 수 있는 처지가 못되었다. 그냥 꿈 얘기를 하면, 녀석의 마음만 아프게 할 수도 있었다.

"저는요 인형 디자이너가 되고 싶어요."

"인형 디자이너?"

"네. 인형을 디자인하는 사람 말예요."

"아, 알겠다. 인형 디자이너 — 좋은 꿈인 것 같다."

"제가 어렸을 적에 엄마랑 큰 상점 앞을 지나는데, 쇼윈도 안에 인형이 있었어요. 한 가족 인형이었는데, 아빠, 엄마, 작은 소녀, 그렇게 셋이 집 앞에 서 있는 인형이었는데, 그 인형이 그렇게도 갖고 싶었어요. 인형 디자이너가 되어서 그런 인형을 만들고 싶어요."

"아, 그랬구나." 가슴이 저려왔다. 아빠 얼굴도 모르는 여섯 살 난 계집애가 엄마 손을 붙잡고 가다가 가게 진열창에서 본 인형 가족은 얼마나 행복하게 보였을까? 갑자기 딸아이를 만나니, 평범한 일들도 비수가 되어 내 가슴을 후볐다.

"인형을 정말 잘 만들 수 있을 것 같아요. 인형을 조립하다 보면, 이것보다는 내가 훨씬 잘 만들 수 있다, 그런 생각이 자주 들어요."

"그래, 인형 디자이너가 되려무나. 힘든 것도 아니잖아? 재능만 있으면, 될 것 같은데. 아빠가 도와줄게."

"고마워요, 아빠. 실은 현국 씨랑 얘기했어요, 결혼하면, 어차피 제가 회사에 계속 나가기 어려우니까, 제가 집에서 인형을 디자인해서 회사에 제공하는 방안을 생각해보자고."

나는 걸음을 멈췄다. "신지야, 너 결혼하니?"

"네, 아빠." 행복한 웃음을 지으면서, 신지가 고개를 끄덕였다. "아까 점심 때 양가 부모님들께서 만나셨어요. 상견례 삼아서."

"아, 그랬구나. 정말 반가운 소식이다, 네가 결혼한다니." 좀 얼떨떨한 마음으로 나는 다시 걸음을 옮기기 시작했다. "그래 신랑은 어드런 사람이냐?"

"김현국이라고, 같은 회사에서 근무해요. 검사부장예요. 현국 씨는 저보다 열 살 많아요. 지금 서른넷."

"축하한다. 나도 한번 만나보고 싶다."

"그래요, 아빠." 녀석이 기뻐하면서 손뼉을 쳤다. "현국 씨도 아빠 잘 알아요. 제가 아빠 얘기 많이 했거든요."

"그래, 결혼식은 언제 올리기로 했냐?"

"칠월예요."

"칠월. 석 달 남았구나." 문득 답답해진 마음으로, 나는 조심스럽게 물어보았다. "신지야, 결혼 준비는 잘 되어가니?"

"준비할 것도 별로 없어요, 아빠. 제가 모은 돈은 얼마 되지 않거든요. 엄마는 결혼식 비용을 좀 대주겠다고 그러는데, 엄마가 제 결혼식에 쓸 돈이 없다는 건 제가 더 잘 알잖아요?"
얼굴에 웃음을 띠고서, 녀석이 나를 흘긋 올려다보았다.

녀석의 웃음에 살짝 어린 그늘이 내 가슴을 아프게 했다.

"현국 씨는 우리 집 형편을 잘 알아요," 녀석이 차분하게 말했다. "그래서 결혼식은 조촐하게 올리기로 했어요. 호텔에서 하는 호화스러운 결혼식은 너무 낭비잖아요? 현국 씨가 함흥 전문대학교 동창회관에 예약한다고 했어요. 괜찮은 곳예요. 홀도 크고. 값은 시중 예식장의 반이고."

"잘되었구나." 무력감의 잿빛 안개가 살 속에서 피어 나와 눈앞을 가렸다. "그래도 례식장을 빌리려면, 상당한 돈이 들 텐데. 그리고 시댁 부모님들하고 친척들에게 례물도 해야 할 테고. 네 혼수도 돈이 상당히 들 테고."

여기까지 오는 동안에 사람들이 결혼 비용이 너무 커져서 무척 부담스럽다고 얘기하는 것을 여러 번 들었다. 결혼식이 점점 호화로워져서, 권력이나 돈이 있는 사람들에겐 고급 호텔에서 결혼식을 올리는 것이 필수적이 되었다고 했다. 권력이나 돈이 없는 사람들도 체면 때문에 분수에 넘치는 결혼식을 올린다고 했다. 신혼부부도 멋진 결혼식을 자랑하고 싶어서 결혼 생활을 위해 마련한 돈의 태반을 그저 결혼식을 올리는 데 써 버린다는 얘기도 들렸다. 특히 심각한 문제는 신부의 혼수와 지참금이었다. 신부가 적절하다고 여겨진 수준의 혼수나 지참금을 갖고 가지 못하면, 그녀는 시댁 식구들의 미움과 구박을 각오해야 했다. 그런 상황은 흔히 이혼으로 이어졌다. 자본주의를 받아들인 뒤부터 돈이 유일한 가치가 되었고 돈 자랑이 유일한 의식이 되었다고 개탄하는 사람들도 있었다.

나는 그런 얘기를 가볍게 들었다. 새로운 결혼 풍속에 내가 관심을 가질 까닭은 없었다. 이제 그 일은 위협적인 모습으로 내 앞에, 딸을 위해 아무것도 해줄 수 없는 무력한 아빠 앞에 버티고 서 있었다.

"현국 씨가 부모님께 말씀드렸대요. 우리 집이 가난하다는 것을. 그랬더니, 아버님은 선뜻 이해하시는데, 어머님은 좀 서운해하시더래요." 녀석이 씩씩한 웃음을 지었다.

내게는 그 씩씩한 웃음이 울음보다 아프게 다가왔다. "다행이구나."

"네, 아빠. 현국 씨는 정말로 그런 것 안 따져요. 우린 결혼식은 조촐하게 올리고 그렇게 아긴 돈을 저축할 거예요."

제5장

다리 아래로 흘러간 세월

카운터에서 커피를 주문하고, 우리는 창가 자리에 앉았다. 바쁜 바깥 거리의 소리들이 먼 파도처럼 들려왔다.

민히의 얼굴은 그녀의 나이를 보여주었다. 곱고 생기 넘치던 얼굴엔 이제 잔주름과 기미 들이 자리 잡았다. 나와 밖에서 만난다는 설렘도 그녀 마음에 어린 걱정과 피로를 다 감출 수는 없었다. 그래도 그녀는 아직 고왔다, 그녀를 처음 본 사람이라면 그녀가 젊었을 때는 얼마나 아름다웠을까 상상하게 할 만큼. 나에겐 물론 그녀는 이 세상에서 가장 아름다운 여인이었다. 내 눈길을 그녀가 불편하게 여길까 걱정이 되어, 나는 억지로 눈길을 그녀에게서 돌려 찻집 안을 둘러보았다.

찻집은 꽤 넓었는데도, 자리는 반 넘게 찼다. 장식은 그리

속되지 않았고 음악도 크지 않았다. 중국의 유명한 회사가 운영하는 연쇄점이라고 했다. 지금 조선에서 괜찮다 싶은 기업들은 예외 없이 중국 회사들이 소유했다. 큰 자본과 우세한 기술을 누리는 중국 기업들을 조선 기업들이 따라가기는 벅찰 터였다.

가벼운 한숨이 새어 나왔다. 경제적 논리엔 무엇도 맞설 수 없었다.

"저그나, 저그나는 여전히 멋있다. 아직도 젊어." 애틋함이 담긴 그녀 눈길이 내 얼굴을 부드럽게 쓰다듬었다.

"기래요?" 그녀가 내게 보여주는 정겨움이 기쁘고 고마웠다. 그녀가 나와 거리를 두려고 했어도, 놀랍지 않았을 터였다. 가정을 가진 그녀에게 나는 일단 불청객이었고 그래서 어쩐지 위협적인 존재로 느껴질 수 있었다.

"기럼. 저그나가 겪은 일들을 생각하문, 저그나는 정말 젊어."

내 얼굴을 부드럽게 애무하는 그녀 눈길에 좀 수줍은 느낌이 들었다. 느닷없이 그녀 눈길에 내 몸을 맡기고 싶은 마음이 일면서, 아랫도리에서 거센 욕정이 꿈틀거렸다. 그녀는 내 벗은 몸을 바라보기를 좋아했었다. 그녀와 함께한 사랑의 순간들이 생생한 모습으로 마음을 스쳤다.

그녀가 급히 가방에서 전화를 꺼냈다. "응, 나야."

그녀 남편에게서 온 전화로 보였다. 그녀 얼굴에 차분한 미소가 떠올랐다. 오래 같이 살아서 이젠 자신의 한 부분이 된 사람에게만 보일 수 있는 미소였다.

내 욕정이 문득 꺾였다. 아쉬움의 물결이 가슴을 시리게 씻었다. 그녀는 이제 내가 닿을 수 없는 곳에 있었다. 그녀는 내 여인이 될 수 없었다.

'무슨 어리석은 생각을 다 하는 거야!' 나는 이내 자신을 꾸짖었다. '마치 민히가 지금껏 나를 기다리면서 혼자 살아왔기를 기대한 것처럼. 부끄럽다. 내가 이처럼 어리석고 자기중심적이라니.'

내가 민히의 사랑을 내 것이라고 주장할 근거가 전혀 없다는 사실은 절벽처럼 내 앞에 서 있었다. 우리가 서로 알았던 기간은 한 해도 채 못 되었고 연인이었던 기간은 겨우 넉 달이었다. 지금과 그때 사이에 놓인 스물다섯 해의 세월을 통해서 보면, 그 시절은 말 그대로 꿈과 같았다. 우리가 그때 아무리 강렬하게 살았다 해도, 그 시절은 이미 다리 아래로 흘러간 물이었다. 지금 내가 그녀에게 무엇을 기대하고 무엇을 요구할 수 있겠는가? 창밖을 내다보면서, 나는 그때 우리가 좋아했던 시구를 씁쓸히 떠올렸다.

미라보 다리 아래 세느 강이 흐르고
우리들의 사랑도 흘러간다

「미라보 다리」는 우리에겐 사랑의 찬가 같았다. 그녀는 신만

세교 위에서 그 시를 처음 내게 낭송해주었다. 성천강 차가운 물길이 무심히 흘러가는 그 다리 위에서 개마고원 넘어 온 가을 바람에 긴 머리 날리며 그녀가 낭송해준 그 시구는 내 마음에 깊이 새겨졌다.

"저그나, 무얼 생각하네?" 전화를 끝낸 그녀가 웃음이 담긴 눈길로 나를 보았다. 그녀 목소리는 그대로였다. 아니, 조금 깊어져서, 오히려 더 좋았다.

그녀 목소리에 나를 가볍게 놀리는 어조가 살짝 어렸다. 즐거움이 문득 내 살을 채웠다. 기분이 좋으면, 그녀는 누이가 어린 동생을 가볍게 놀리는 어조로 말하곤 했다.

무슨 충동에 이끌려, 나는 그 시를 낭송했다.

"미라보 다리 아래 세느 강이 흐르고
우리들의 사랑도 흘러간다
허나 괴로움에 이어서 오는 기쁨을
나는 또한 기억하고 있나니……"

시를 듣자, 그녀 얼굴이 굳었다. 그녀 몸이 한순간 움츠러들었다. 그러나 그녀 얼굴과 몸은 바로 풀렸다. 지나간 시절을 그리워하는 듯, 그녀 얼굴에 부드러움이 어렸다. 먼 눈길로 창밖을 내다보면서, 그녀가 조용히 후렴을 낭송했다.

"밤이여 오라 종은 울려라
세월은 흐르고 나는 여기 있다"

투명한 마법의 장막이 우리를 감쌌다. 밖으로부터 아무런 소리도 들리지 않았다. 밖의 무엇도 우리 눈에 들어오지 않았다. 두 젊은 연인이 다리 위에서 남쪽 바다를 향해 유유히 흘러가는 강물을 보던 그 시절로 우리는 돌아가 있었다.

마법의 시간이 사라질까 겁이 나서 한마디도 입 밖에 내지 못한 채, 나는 아득한 마음으로 이제는 사라진 시간을 되살았다. 민히가 그 시를 처음 내게 낭송해주었을 때 내가 느꼈던 전율은, 우리 사랑의 기억들로 증강되어서, 실재보다도 더 단단하고 구체적이었다.

탁자 위에 놓인 검정 호출기가 몸을 떨면서 붉은 눈을 껌벅거렸다. 마법이 깨지면서, 현실이 아프게 밀려들어왔다.

그녀가 한숨을 내쉬고서 호출기를 집어 들었다. "그런 시절이 있었디. 우리에게."

사라진 마법의 순간이 남긴 자리를 상실감이 밀려들어와 채우고 있었다. 나는 무겁게 고개를 끄덕였다. "누님, 누님이 그리울 때면, 난 이 시를 읊었어요. 다리를 디날 때마다, 난 우리가 신만세교에 함께 서서 흐르는 강물을 바라보던 모습을 떠올렸어요."

생각 깊은 표정이 그녀 얼굴에 떠올랐다가 이내 가라앉았다.

그녀가 고개를 끄덕이고 자리에서 일어섰다.

나는 그녀가 카운터로 다가가서 차 쟁반을 집어 드는 것을 바라보았다. '저기 간다 내가 이 세상에서 가장 사랑하는 여인이. 그리고 저 여인은 결코 다시 내 연인이 될 수 없다.'

상실감이 내 몸 구석구석을 다 채워서 힘이 몸 밖으로 새어 나가는 듯했다. 그래도 그녀가 차 쟁반을 탁자에 내려놓았을 때, 나는 신지의 결혼식에 관해 얘기할 마음이 되어 있었다. "누님, 신지가 칠월에 결혼한다고 합데다."

커피 잔을 내 앞에 놓으면서, 그녀가 고개를 끄덕였다. "신지가 아빠한테 니야기했다고 그랬어."

"녀석이 결혼에 만족하는 것 같아서, 마음이 놓입디다."

커피를 한 모금 마시고서, 그녀가 밝아진 얼굴로 대꾸했다. "둘이 서로 끌리나 봐. 신지는 자기 생부의 팔을 잡고 결혼식에 들어가게 된 것이 그리도 좋은 모양이라. 아빠가 이렇게 돌아온 것이 제 인생에서 가장 멋던 행운이었다고 그러데."

그녀 얘기는 내 마음을 환하게 밝혔다. 그러나 신지를 내 딸이라고 부를 자격이 없다는 생각이 그런 밝음에 그늘을 드리웠다. 신지가 다 크도록 해준 것이 하나도 없었는데, 이제는 결혼식에 전혀 도움을 줄 수 없었다. 내 얼굴에 앉은 미소가 무슨 이물질처럼 느껴졌다.

문득 생각 하나가 떠올랐다. "누님, 내레 여기 온 것을 누님 바깥냥반께서 아십네까?"

"응. 신지 생부가 찾아왔었다고 니야기했어." 그녀의 굳은 얼굴이 그것이 쉬운 일은 아니었음을 말해주었다.

나로선 그녀의 결혼 생활에 불쑥 나타난 것이 무척 미안했다. 그래도 내 마음은 나의 갑작스러운 출현이 그녀와 남편 사이의 관계와 신지의 결혼식에 미칠 영향을 헤아리느라 바빴다. 그런 영향을 제대로 가늠하기는 물론 불가능했지만, 대체로 나쁜 영향을 미치리라는 점만은 분명했다.

민히의 남편은 당연히 의심하고 질투할 터였다. 그리고 아버지의 지위를 빼앗겼으니, 의붓딸에 대한 그의 감정도 전보다 차가울 터였다. 신지는 결혼식에 내 팔을 잡고 입장한다고 기뻐했고 나는 속으로 더욱 기뻐했지만, 이제 생각해보니, 그것도 간단한 문제가 아니었다. 지금까지 신지는 그의 딸이었고 결혼식도 그런 가정 아래서 준비되어왔을 터였다. 내가 갑자기 나타나서 신지 아빠 노릇을 하면, 그는 결혼식에 무슨 자격으로 참석해야 하는가? 신혼부부가 친정 부모에게 인사할 때, 내가 인사를 받는다면, 그는 어디 서서 그 광경을 지켜보아야 하는가? 민히가 다른 사람의 딸을 먼저 낳았다는 사실이 널리 알려지면, 그의 체면은 어떻게 되는가? 그런 상황을 이해하고 너그럽게 받아들일 사람이 과연 이 세상에 있을까? 무엇보다도, 이제는 그녀가 신지의 결혼을 위해 그동안 어렵사리 모은 돈조차 신지에게 주기가 쉽지 않을 터였다. 생각해볼수록, 그녀와 신지의 처지가 어렵고 어색하다는 것을 실감하게 되었다. 내가 사랑하는 사람들을 돕기는커녕, 나는 그들의 삶을 불안하고 어색하게 만들고 있었다.

"얼마나 돈이 드나요? 신지가 결혼식 올리고 신접살림 차리는 데?" 그녀의 삶에 불청객으로 불쑥 끼어들었다는 죄책감에 나는 고개를 숙인 채 떠듬거렸다. 그녀로부터 '그건 저그나가 상관할 일이 아니야'라는 핀잔을 들어도 싸다는 생각을 하면서.

"얼마 안 들어. 우리야 가난하잖아? 신랑댁도 우리보다야 낫디만 부자는 아니고. 기래서 결혼식은 검소하게 올리기로 합의했디." 그녀가 싱긋 웃었다.

"아, 기리 되었시요? 마음이 좀 놓이네요. 기래도, 누님, 딸자식 여의려면, 돈이 안 들 수 없는데, 내레 가던 것이 하나도 없어서, 누님하고 신지 볼 낯이 없습네다." 나는 고개를 숙였다. 문득 서러움과 부끄러움이 뒤섞여 치밀어 올라왔다. "부모에겐 자식 도리를 못 했고. 누님에겐 남자 노릇을 못 했고. 신지에겐 아비 노릇을 못 했고. 너무 부끄럽습네다."

"저그나, 날 봐. 저그나, 고개 들고 날 봐." 그녀가 엄한 목소리로 말했다.

나는 힘겹게 고개 들어 아린 눈으로 그녀를 쳐다보았다.

"저그나, 기렇게 자신을 책하문 안 돼. 저그나는 실패한 것이 아니잖아? 부당하게 중국으로 추방되어 그 힘든 강제 노동을 견뎌냈잖아? 스물다섯 해야, 스물다섯 해. 그 힘든 세월을 견뎌내고 이렇게 살아 돌아온 것이 얼마나 대단해. 저그나레 그랬디. 거기 배치된 네 사람 가운데, 제일 나이 어리고 제일 경험이 없는 저그나만 살아남았다고. 그게 자랑스럽디 않으문, 뭐가 자랑스럽갔어? 우리는, 나하고 신지는, 저그나가 얼마나 자랑스러운디 몰라."

가슴이 벅차서 나는 그저 고개만 끄덕였다.

"그리고 난 저그나를 사랑해. 저그나는 내 첫사랑이잖아?" 그녀가 고개를 돌려 창밖을 내다보았다. 그녀 눈이 눈물로 가득했다.

가슴이 문득 부풀어 올랐다. 그녀는 나를 아직도 사랑하고 있었다. 염치없지만, 사랑받을 자격은 없지만, 내가 평생 사랑해온 여인으로부터 아직도 사랑한다는 얘기를 듣는 것은 희열이었다. 다른 모든 것들을 사소하게 만드는 커다란 희열이었다.

그녀가 손수건으로 눈가의 눈물을 훔쳤다.

"누님. 내레 누님 사랑을 받을 자격이 없소. 기래서 더욱 고맙소. 신지가 있다는 것은 하늘이 주신 축복이고. 누님, 신지를 위해선 무엇이든 하갔소. 내레 아직 건강하고 힘도 둏소. 무슨 일이든 다 할 수 있소. 오다가 보니끼니, 사람을 구하는 광고가 많습디다."

그녀가 작은 미소를 머금고 내 커피 잔을 가리켰다.

커피를 한 모금 마시고서, 나는 말을 이었다. "무슨 일을 하든, 보수가 얼마가 되든, 조금이라도 저축할 겁네. 기렇게 모은 돈이 얼마가 되었든, 신지를 위해서 쓸 겁네. 이제 나도 중년이고 따로 내 인생을 살았다고 할 처지도 아니디요. 실은, 누님, 군단에서 풀려났을 때, 나는 앞으로 어드케 살아야 할지 아무 생각이 없었습네다. 기저 내 나라가 있는 동쪽으로 가는 열차를 탔습네다. 난 운이 지독히도 없는 놈이라고 생각했었는데, 이제는 운이 아주 없디는 않다는 생각이 듭네다. 다 누님 덕분이디요."

그녀의 미소가 밝아졌다. 우리는 정이 담긴 눈길로 서로를 쓰다듬었다. 함께 자식을 낳았다는 사실이 주는 친밀감과 믿음이 따스하게 감싸서, 우리는 잠시 바깥세상도 마음속 걱정들도 잊고 그저 만족스러운 눈길을 주고받으며, 커피를 마셨다.

"누님, 누님도 알다시피, 내레 누님헌테 무슨 조언을 할 처지는 못 됩니다."

그녀가 싱긋 웃었다. "저그나 니야기는 다 들을 테니끼니, 해봐."

"누님이 신지에게 해주려고 생각한 것보다 조금 더 잘 해주시라요." 겸연쩍은 웃음이 배어 나와서, 얼굴이 당기는 느낌이 들었다. "그 비용은 내레 조금씩 갚아나가갔시요."

"너무 걱정하디 말아. 결혼식은 양가에게 다 만족스럽게 결정이 되었어. 저쪽에선 시어머니 자리가 좀 욕심이 있어. 그것뿐야."

나는 고개를 끄덕이고서 잠시 생각했다. "욕심이 많든 적든, 시어머니는 며느리가 해 온 것을 다른 사람들과 비교할 수밖에 없잖갔습네까? 우리 신지가 해 온 것이 다른 며느리들이 해 온 것보다 적다고 생각되문······"

옅은 그늘이 잠시 그녀 얼굴에 어렸다. 밖을 내다보면서, 그녀가 한숨을 쉬었다. "그게 사람 마음이디."

"맞습네다. 우리가 시어머니만 탓할 수는 없습네다."

가난한 부모인 우리는 서글픈 웃음을 띤 채 마주 보았다. 무엇이 속에서 치밀어서, 목이 문득 뻣뻣해졌다.

"누님, 부탁입네다. 우리 딸한테, 좀 잘해주시라요. 시집가서 구박받디 않게. 내레 무슨 짓을 해서라도 갚을 테니끼니, 빚이라도 내서······ 염치없는 니야기입네다만, 누님, 기리 해주시라요."

"알았어. 내 기리 하갔시니, 저그나, 너무 걱정하디 말아." 그녀가 선선히 응락하고서 몸을 앞으로 내밀어 내 얼굴을 들여다보았다. "지금 우린 우리 딸 니야기만 한다. 난 저그나 니야기 듣고 싶은데. 기토록 험한 곳에서 어드케 견뎌냈는디. 난 상상할 수도 없어."

"운이 둏았다고 해야갔디요. 그동안 나쁜 사람들 많이 만났습네다. 정말로 사악한 사람들도 봤습네다. 그런데 결정적 순간에 둏은 사람을 만나곤 했습네다. 운이 둏았디오. 그래서 살아남은 겁네다."

"나는 하늘에 감사해, 저그나가 몸도 마음도 성히······" 그녀의 눈빛이 문득 강렬해졌다. "내게 돌아온 것을."

집채만 한 파도가 덮치면서, 내 마음이 한순간 아득해졌다. 숨을 깊이 쉬면서, 나는 밖을 내다보았다. "누님."

"응, 저그나."

"군단에 처음 배치되었을 때, 우리 죄수 여단에 나이 든 시인이 있었습네다. 그 사람은 중국의 자유운동을 이끈 사람이어서, 모두 존경했디요. 군관들까지 그 사람에겐 함부로 대하지 않았디요. 그 사람이 무슨 이유에선디 나헌테 관심을 가졌습네다. 그래서 나한테 조선 사람이 어드케 여기까지 오게 되었느냐고 물었습네다. 내레 조선에서 대학 영문과에 다녔다고 하자, 그 사람이 반가워했디요. 그 사람도 영문학을 전공했다고 니야기합디다. 그리고 나의 후견인이 되었습네다. 우리 여단은 죄수들로 편성되어서, 정말로 나쁜 사람들이 많았는데, 그 뒤로는 아무도 나를 함부로 대하디 못했습네다."

"아, 멋딘 내기네. 동화 같은 니야기가 실제로 있었네."

싱긋 웃으면서, 나는 말을 이었다. "그 멋진 니야기에 속편이 있습네다."

"아, 그래?" 그녀가 몸을 앞으로 숙이고 기다렸다.

"내 마음엔 당연히 누님 생각뿐이었디요. 부모님 생각도 났디만, 그래도 누님이 더 그리웠디요. 바로 내 옆에 자는 동료가 그럽디다. 내가 잘 때 누님 이름을 부른다고."

그녀가 두 손을 뻗어 내 손을 꼭 잡았다. 그리고 눈물 어린 눈으로 내 눈을 들여다보면서, 천천히 고개를 끄덕였다. "저그나, 나도 그랬어."

"그래서 누님을 그리워하는 시를 쓰기 시작했디요. 내가 시를 쓴다는 것을 알게 되자, 차오웨이 씨는, 나를 보호해준 시인 말입네다, 차오웨이 씨는 내가 영시를 공부할 수 있도록 주선해주었습네다. 책들도 구해주고. 내가 모르는 부분들은 해설을 해주고. 그렇게 해서 나도 차츰 시라고 할 만한 시를 쓰게 되었디요. 그러자 차오웨이 씨가 그 시들을 중국어로 번역해보라고 했습네다. 그래서 괜찮다고 생각되는 시를 몇 편 번역했더니, 그분이 중국 문학 잡지에 소개했습네다. 누님, 난 여기선 이름이 없디만, 중국에선 시인 대접을 받습네다."

"아, 그랬어? 그렇게 멋진 니야기가 있다니!" 그녀가 내 손을 쓰다듬었다. "그런데, 저그나, 그 시들이 나에 대한 것들이라고 했디?"

"네. 거의 다 누님한테 보내는 시들입네다." 나는 가방에서 해진 공책들을 꺼냈다. 모두 다섯 권이었다. 그것들을 그녀에게 내미는 내 손이 좀 떨렸다. 외로움과 그리움 속에서 보낸 스물다섯 해의 기록으로는 너무 가볍게 느껴졌다. 나는 행복하고 슬프고 자랑스럽고 수줍었다. 무엇보다도, 수줍었다, 내가 처음 그녀에게 키스했을 때처럼.

나는 천천히 운동장 둘레를 걸었다. 오전 내내 앉아서 강의들을 듣고 난 터라, 점심을 들고 걸으면서 몸을 푸니, 기분이 상쾌했다. 군단에서 엄격한 일과에 따라 늘 힘든 일들을 해온 나에겐 몸을 쓰지 않고 가만히 앉아 있는 것은 고역이었다.

오늘은 전국인민재교육학교의 '정신재교육 기본과정'의 셋째 날이었다. 일주일 전 나는 평양에 있는 중앙재교육본부에 신고했고 이곳에서 2주 과정의 재교육을 받으라는 명령을 받았다.

걸으면서 생각하고 정리할 것들도 많았다. 군단 제복을 입고 작은 가방 하나를 든 채 나그추 역에서 열차에 올랐을 때, 나는 내 앞날에 대해 아무런 생각이 없었다. 이제는 달랐다. 내가 곧 결혼할 딸을 가졌다는 사실은 내 삶을 근본적으로 바꿔

놓았다.

제대로 관리되지 않은 운동장에서 자유롭게 자란 풀들 위에 환한 봄 햇살이 내리고 있었다. 작은 풀꽃들이 평화로운 한철을 한껏 즐기고 있었다. 하얀 봄맞이꽃, 하늘빛 꽃마리꽃, 수더분하게 노란 씀바귀꽃, 느긋하게 노란 애기똥풀꽃, 대담하게 노란 민들레꽃. 수줍은 자주빛 오랑캐꽃, 지천이지만 찬찬히 들여다보면 예쁘게 생긴 냉이꽃—그 꽃들은 어머니와 함께 보낸 어릴 적을 떠올리게 했다. 어머니는 스스로 배운 식물학자였고 덕분에 나는 나무와 풀 들을 아끼고 사랑하게 되었다. 특히 사람들이 거두지 않는 들판의 풀들을 눈여겨보게 되었다.

풀꽃들을 되도록 밟지 않으려 마음 쓰면서, 나는 푹신한 풀밭을 걸었다. 그리움과 슬픔이 내 가슴의 황량한 해변을 차갑게 씻었다. 함흥에서 민히와 신지를 만난 다음, 나는 바로 청진국립병원을 찾아 아버지와 어머니가 묻힌 곳을 알아보았다. 그러나 그분들의 매장에 관한 기록은 없었다. 관리 요원은 대신 아버지와 어머니가 자신의 시신을 의학 연구를 위해 병원에 기증하기로 약속한 동의서를 내놓았다. 아마도 이식에 쓰일 만한 장기들은 이식되었고 나머지는 의대생들의 해부 연습에 쓰였을 터였다. 그 뒤엔 시체 소각로로.

나로선 불만은 없었다. 다음 세상의 존재도 영혼의 부활도 믿지 않았으므로, 나는 시신을 온전히 땅에 묻어야 한다고 생각하지 않았다. 자신의 시신이 다른 사람들을 위해 쓰인다면,

그것을 행운으로 여겨야 한다고 생각했다. 그래도 나는 의학 연구에 쓰인 내 부모의 시신들이 쓰레기처럼 소각로에 던져지는 대신 품위 있게 매장되었기를 바랐고, 내가 찾을 수 있는 묘지가 없다는 것이 무척 허전했다. 그분들의 무덤 앞에 서서 말씀드리고 싶었다, 비록 좋은 아들은 못 되었지만 두 분을 사무치게 그리워했노라고. 그리고 자랑스럽게 알려드리고 싶었다, 이젠 다 커서 결혼을 앞둔 손녀가 있노라고.

나는 아프게 떠올렸다, 장례식도, 매장도, 추도도 결국 살아남은 사람들을 위한 의식임을. 슬퍼하고 추억하는 것이 결국 살아남은 사람들이 잃음을 견뎌내는 행위인 것처럼. 그 사실은 내게 묘한 위안을 주었다. 무덤도 없이 저세상으로 떠나신 내 부모님이 자신들을 실망시킨 외아들에게 무슨 말씀을 들려주실지 알 것 같았다. 결국 중요한 것은 자신들에게 손녀가 있다는 사실이라고. 자신들의 소중한 손녀가 잘 시집가서 아이들 많이 낳아 잘 기르도록 하라고.

운동장 모서리에 이웃 건물로 가는 돌계단이 있었다. 버려진 계단의 틈새에 누가 일부러 심은 것처럼 흰 오랑캐꽃들이 무더기로 활짝 피어 있었다. 나는 그 꽃들 앞에 멈춰 섰다. '곱다. 단 한 번만이라도 오마니와 함께 이 꽃들을 볼 수 있다믄……'

어릴 적의 기억들이 밀려왔다. 기억 속의 성천강 강변 습지의 봄날은 지금 이곳 풍경보다 오히려 사실적이었다. 그곳의 나무와 풀과 꽃 들의 화사한 빛깔과 향긋한 냄새는 내 가슴을 기억된 기쁨으로 가득 채웠다. 어머니가 가르쳐준 약초들과 먹을 수 있는 풀들을 찾아 풀숲을 헤치는 내 모습이 떠올랐다. 그것보다 더 행복한 어린 시절이 있을 수 있을까?

'오마니, 신지하고 신지 아이들헌테 자연 속에서 지내는 것이 얼마나 좋은지 가르쳐주갔시요. 오마니가 나한테 가르쳐준 것처럼요. 오마니 손녀와 증손주들한테 가르쳐주갔시요, 작은 풀꽃이 얼마나 곱고 신기한디, 이름 없는 풀이 얼마나 멋진디. 그리고 녀석들이 모르는 할머니, 증조할머니가 얼마나 멋딘 분이셨는디.'

이어 내게 동화를 들려주던 아버지 모습이 떠올랐다. 내가 문학을 전공하게 된 것도 어쩌면 어릴 적에 아버지에게 들은 신기한 이야기들 때문인지도 몰랐다. '아바지, 아바지처럼 저도 아이들에게 넷날니야기 많이 들려주갔시요.'

그런 생각의 꼬리를 물고, 단단한 현실의 한 모서리가 마음속으로 비집고 들어왔다. 나는 지금 무슨 수를 써서라도 돈을 마련해야 했다. 신지의 결혼에 필요한 최소한의 비용은 마련할 수 있다고 민히는 말했지만, 신지가 시집 식구들 앞에서 떳떳할 만큼 혼수를 마련해줄 수는 없을 터였다. 나로선 그런 혼수 비용에 조금이라도 보태고 싶었다. 나중에 큰돈을 주는 것보다 결혼할 때 혼수를 챙겨주는 것이 중요했다.

신지의 밝은 얼굴이 떠올랐다. 청진에서 평양으로 오는 길에, 나는 함흥에서 하루를 묵었다. 민히에게는 그냥 전화로 얘기했다. 청진국립병원엔 부모님 묻히신 곳에 관한 기록이 없더라고. 내가 그녀 집에 자꾸 나타나서 좋을 일은 없을 터였다.

신지와는 함께 저녁을 들었다. 녀석이 가보고 싶었던 음식점을 찾아 녀석이 너무 비싸다고 미안해하는 음식을 맛있게 먹으면서 가벼운 얘기들을 나누는 것—나로선 뒤늦게 얻은 행복이었다. 녀석은 타고난 이야기꾼이었다. 사소한 일들을 재미있게 들려주는 재주가 있었다. 유머 감각도 있어서, 우리는 많이 웃었다. 무엇보다도, 아비 없이 어렵게 자라났음에도 불구하고, 자기연민을 드러내지 않는 것이 기특했다.

덕분에 나는 녀석에 대해서 많이 알게 되었다. 녀석이 나를 많이 탁했다는 사실을 깨닫고, 나는 은근히 흐뭇했다. 녀석의 표정이나 손짓에서 젊을 적 어머니의 모습을 볼 때는 그리움과 고마움으로 가슴이 저렸다. 관심과 취향에서도 녀석은 제 할머니를 많이 닮았다. 식물과 꽃에 대해서 관심이 많은 것까지. 딸과 함께한 저녁은 내게는 가볍게 쓰던 핏줄이란 말의 뜻을 진지하게 새기는 자리기도 했다. 돌아가신 부모님이 내 어린 딸아이로 살아 있다는 사실은 경이로웠지만 정신이 번쩍 드는 일이기도 했다.

운동장을 두 바퀴 돈 뒤, 나는 강의동 앞에서 담소하는 학생들에게로 다가갔다. 재교육 강좌는 뻔하고 따분했다. 정부에서 강요하는 교육 과정들이 늘 그러하듯. 그러나 나에겐 뜻밖에도 흥미롭고 쓸모가 컸다. 비록 당국에 의해 조작되었지만, 이번

강좌는 조선 사회에 관한 최신 정보들을 내게 제공했다. 나도 모르게 당국의 견해나 시책을 어기는 위험을 줄이기 위해서라도, 나로선 강좌가 소개하는 당국의 공식 입장들을 잘 알아야 했다.

동료 학생들로부터 듣는 얘기들도 큰 도움이 되었다. 정권의 탄압을 받은 지식인들이라, 조선 사회의 움직임에 대해 많이 알았다. 단 몇 해 전만 해도 정권의 핵심에서 권력을 휘두른 사람들도 있었다. 덕분에 나는 내가 중국에서의 강제 노동에서 갑자기 풀려난 것에 대해서도 보다 잘 알게 되었다.

짐작한 대로, 내가 갑자기 풀려난 것은 현 정권의 정치적 필요에서 나온 조치였다. 재작년에 집권한 박성우 주석은 적극적으로 체제의 자유화를 시도하고 있었다. 박 주석은 점점 하나로 통합되어가는 세상에서 이전처럼 국경을 봉쇄하고 고립된 체제를 유지하는 것이 불가능하다는 것을 절실하게 깨달았다. 특히, 중국에서 자유화가 가속된다는 사실은 조선 정권이 닫힌 체계를 유지할 여지를 점점 줄이고 있었다. 인민군 차수(次帥) 출신으로 인민군을 자신의 지지 기반으로 지닌 박 주석은 인민군 지휘관들을 포함한 정권의 실세들을 설득해서 자신의 자유화 정책에 대한 지지를 얻었다. 현 정권은 자유화의 성공이 국제적 지지와 원조에 달렸다고 판단했다. 그러나 이 일에선 김씨 왕조 시절부터 켜켜로 쌓인 불량국가의 이미지가 작지 않은 문제가 되었다. 반체제 활동으로 박해받은 지식인들이 감옥에서 풀려나고 복권된다면, 늘 국제적 비난을 받아온 문제 하나가 사라지는 것이었다. 나아가서, 그 지식인들이 적극적으로 현 정권의 시책에 호응한다면, 정권의 이미지는 당연히 좋아질 터였다. 그래서 반체제 지식인들이 많이 풀려났고, 지금 조선의 감옥들이 텅텅 비어서 간수들이 실업자가 되었다는 농담까지 나왔다고 했다.

내가 담소하는 학생들 가까이 가자, 전세훈이 손짓을 하면서 무슨 얘기를 했다. 사람들이 웃음을 터뜨렸다.

"윤 선생님, 산보하셨습네까?" 전이 웃음 띤 얼굴로 말을 걸어왔다.

"네." 나도 웃으면서 고개를 끄덕였다. 그리고 설명 삼아 덧붙였다, "날씨가 하도 좋아서……"

"딴 건 몰라도, 날씨 하나는 우리나라가 중국보다 낫디요?"

몇이 웃는 얼굴로 고개를 끄덕였다.

"맞습네다. 기후는 우리나라가 좋디요."

"칭하이나 시창은 겨울이면 엄청 춥디요?"

나는 고개를 끄덕였다. "그리고 여름이면 말도 못하게 덥습네다."

"내레 충칭에 한번 가봤는데, 한여름엔 숨이 막힙디다. 세상에 우리나라처럼 살기 좋은 곳이 없습디다."

둘러선 사람들이 한마디씩 거들었다.

나는 전이 내게 관심을 보여주는 것이 고마웠다. 나는 이곳에서도 외톨이 비슷했다. 학생들은 모두 국내 감옥에서 풀려난 사람들이었다. 나처럼 중국에서 강제 노동을 한 사람은 없었다. 그래서 사람들이 나이 대접을 해주었지만, 나로선 사람들과 어울리는 것이 좀 어색했다.

전은 수수께끼 같은 인물이었다. 나이는 나보다 거의 열 살 위였지만, 묘하게 사람들을 둘레에 끌어모으는 재주가 있어서, 강의 시간이 끝나면, 사람들은 그의 둘레에 모여 담소했다. 게다가 그는 이곳 전국인민재교육학교에 대해서 아는 것이 많았고 특히 '정신 재교육 기본 강좌'에 대해선 모르는 것이 없었다. 학교 직원이나 강사 들과도 잘 아는 사이인 듯했다. 입심이 좋고 농담을 잘했는데, 그렇다고 아주 세속적인 것만도 아니어서 가끔 지식인의 면모도 드러냈다.

"내레 단언하디만, 여러분들 가운데 적잖은 분들헌테 우리 정부가 함께 일하자고 할 것입네다. 따디고 보문, 우리는 모두 고등 교육을 받은 사람들 아닙네까? 사회에서 중요한 일들을 해서 경험도 많습네다. 정부에서 탐을 내는 게 당연하디요. 우리와 같은 귀중한 인적 자원을 그냥 썩힌다문, 사회적 손실이 너무 크디요."

모두 밝은 얼굴로 고개를 끄덕였다. 전의 얘기는 그럴듯했다.

그러나 나는 오히려 소외감이 깊어졌다. 나는 대학을 마치지 못했으므로 졸업장이 없었다. '대학 일 학년 중퇴'로는 아무래도 부족할 것 같았다. 스물다섯 해 동안 중국에서 강제 노동을 했다는 경력이 자산이기도 어려웠다. 상처로 두꺼워진 가슴의 벽에서 다시 씁쓸함이 스며 나와 내장으로 번지고 있었다. 이번에도 나는 운이 없었다.

제7장

육신교환 수술

"아, 참 멋진 노을이구나!" 김종헌이 감탄했다. 김은 서른대 여섯 된 정보과학자였는데, 언행이 활달했다.

나는 고개를 돌려 서쪽 하늘을 살폈다. 서쪽 산줄기 위에 걸린 붉은 해가 둘레의 옅은 구름을 곱게 물들이고 있었다. "네, 고운데요."

"이런 데서 보니, 더 곱디요?"

나는 싱긋 웃으면서 고개를 끄덕였다. 평화로운 저녁이었다. 고운 노을 아래 화단의 흔한 꽃들이 문득 아름다움을 드러내고 부드러운 바람엔 운동장 풀밭의 향긋한 냄새가 실린 듯했다. 하루 강의를 마치고 저녁을 먹고 난 뒤의 나른한 만족감이 몸을 채웠다. 나는 거의 행복했다. 아까 점심 시간에 전세훈이 한

애기가 마음 한구석에 앙금으로 남아서 완벽한 만족감의 한구석을 갉고 있었다. 사상범들이 좋은 대우를 받을 수 있는 상황이 닥쳤는데, 나는 그것을 이용할 길이 없었다. 내가 딸의 결혼 때문에 목돈이 필요한 지금, 운은 다시 나를 비켜가고 있었다.

"벌써 해가 많이 길어졌지요?" 김이 시계를 들여다보았다.

"네. 사월도 벌써 반 넘게 지났네요."

우리는 기숙사로 들어가기 전에 잠시 운동장을 내려다보면서 저녁 풍경을 즐기고 있었다. 다섯 시 오십 분에 강의가 끝나면, 다음 날 기상 시간까지 자유시간이었다. 기숙사에서 밤 시간을 재미있게 지내는 길은 텔레비전을 보는 것 말고는 별다른 것이 없었지만, 군단에서의 엄격한 일과 속에서 살아온 나에겐 그것은 엄청난 양의 자유였다.

"겨우 나흘이 지났는데, 벌써 여기서 오래 지낸 것 같습니다. 교육은 체질에 안 맞아서, 영……" 느긋하게 불평하면서, 그가 학교를 한 바퀴 둘러보았다.

나는 가벼운 웃음으로 공감을 표시했다. 언행이 이런 사람이 조선 땅에서 감옥에 안 가면 이상하겠다는 생각을 하면서. 어쨌든, 나는 김에게 호감이 갔다.

학생들 몇이 우리에게 다가왔다. 우리는 함께 노을을 감상했다.

내 전화가 울렸다. "신지구나. 아빠다."

"아빠, 어떠세요?"

녀석의 달뜬 목소리에 내 마음도 이내 환해졌다. "잘 디낸
다. 그래 잘 디내니?"

"네, 아빠."

나는 사람들을 벗어나 천천히 걷기 시작했다. "엄마는?"

"엄마도 잘 계세요."

"네 약혼자도?"

"네." 녀석이 까르르 웃었다.

"기러문 됐다."

"아빠 정말 잘 지내세요?"

"기럼. 이 교육 받아보니끼니, 생각했던 것보다 훨씬 재미있
다."

"그래요? 반가운 소식이네요. 엄마하고 걱정했었는데."

"걱정하디 않아도 된다. 어쨌든 고맙다."

"이렇게 아빠한테 전화하는 게 너무너무 좋아요. 벌써부터
아빠한테 전화하고 싶었는데, 아빠 성가시게 할까 봐……"

"아빠헌테 전화하고 싶으문, 언제든디 해라. 여기가 생각보
다 자유롭고 시간도 많이 난다."

실은 나도 신지의 일상생활에 불쑥 나타나서 녀석을 성가시
게 할까 봐 전화를 자주 하지 못했다. 녀석의 자잘한 얘기들을
들으면서, 나는 모든 걱정을 잊었다.

녀석과의 얘기가 끝난 뒤 나는 잠시 은은한 뒷맛을 즐겼다.
문득 불안한 생각이 들었다. '이렇게 신지와 자질구레한 얘기

들을 하는 행운이 언제까지 이어질까?' 평생 운이 없었던 나에 겐 이런 즐거움이 오래가지 못할지도 모른다는 예감이 마음 한 구석에 자리 잡고 있었다.

"전 선생님께선 무슨 일을 하셨습네까?" 내가 사람들에게 돌아오자, 김이 전세훈에게 물었다.

모두 흠칫하더니 전의 얼굴을 살폈다. 이런 곳에선 다른 사 람의 과거에 대해 묻지 않는다는 무언의 약속이 있었다. 무슨 얘기가 나오든, 그것이 당국에 보고될 가능성이 높기 때문이었 다. 그러나 김의 물음은 예의 없거나 경솔하게 들리지 않았다. 그만큼 전은 수수께끼 같은 인물이었다.

"나는 중개업을 합네." 옅은 웃음을 얼굴에 올리면서 전이 태연하게 대꾸했다.

"아, 네. 중개업." 김이 고개를 끄덕였다.

"사는 사람과 파는 사람을 연결하는 일을 하디요." 전이 설 명을 덧붙였다.

"무엇을 중개하시나요?" 김이 다시 조심스럽게 물었다.

"사고팔 수 있는 것은 다 취급하디요." 전이 대꾸하고서, 잠 시 뜸을 들인 뒤, 지나가는 말처럼 덧붙였다. "사람의 몸을 주 로 중개합네."

전의 얘기는 물론 폭탄이었다. 모두 놀란 얼굴로 전을 쳐다보 면서, 그가 방금 심상하게 뱉은 말의 뜻을 받아들이고 있었다.

"사람 몸을 사고파는 것을 중개하신단 말씀이십네까?" 어색한 웃음을 지으면서, 김이 확인했다.

전이 고개를 끄덕였다.

"산 사람의 몸입니까. 아니문 죽은 사람의……?" 리현이 물었다. 리는 농업연구소에서 일했다는 젊은이였다.

"산 사람의 몸을 중개합네. 시신이야 의학 연구 말고는 수요가 없으니끼니……"

"누가 자기 자신의 몸을 팝네까?" 잘 믿어지지 않는다는 투로, 서용식이 물었다. 서는 중학교에서 역사를 가르쳤다고 했다.

사람들이 동의한다는 뜻을 얼굴에 띠고 고개를 끄덕였다.

전의 진지한 표정에 냉소가 섞인 웃음기가 살짝 어렸다. "생각보다는 많이 거래됩네."

그러고 보니, 인체가 거래된다는 얘기는 군단에 있을 때 여러 번 들었다. 돈이 많은 늙은이들이 빚에 몰린 젊은이들과 몸을 바꾼다는 얘기가 가끔 화제에 올랐다. 군단에 입소할 때 죽으면 장기를 기증하겠다는 동의서를 써냈고 사고로 죽은 동료들의 시신이 장기를 보존하기 위해 병원으로 긴급 이송되는 것을 보아온 터라, 몸을 통째로 바꾸는 것도 대단한 일로 여겨지지 않았었다. "우리는 살아서보다 죽어서 가치가 더 나간다"고 자조적인 농담을 하던 것이 떠올랐다.

"아, 그렇습네까?" 김이 뜻밖이라는 얼굴을 했다.

"여러분들 한번 생각해보세요. 이 세상엔 자신의 늙고 추한 몸을 젊고 싱싱한 몸으로 바꾸고 싶은 사람들이 수천만 명, 수

억 명 있습네다. 전부는 아니갔디만, 노인들의 대부분은 잠재적 고객이라고 볼 수 있습네다. 그 사람들 가운데 상당수는 돈이 아주 많아서 젊은 몸을 갖고 싶은 욕망을 채울 수 있는 사람들입네다. 그리고 이 세상엔 자신의 몸을 팔겠다고 나설 만큼 절망적인 처지에 놓인 사람들도 드물디 않습네다. 자살하는 젊은이들이 얼마나 많습네까? 자살보다는 나은 선택 아닌가요? 자기도 살고, 손에 쥔 큰돈으로 좋은 일도 하고."

사람들이 잠시 말없이 서로 쳐다보았다.

"몸을 팔고 산다는 게 도대체 뭐디요? 콩팥이나 간처럼, 몸의 일부를 팔고 사는 건 료해할 수 있디만, 몸을 통째로 팔고 산다는 건……" 서용식이 고개를 저었다.

"몸을 통째로 팔고 사는 건 아니디요? 뇌는 자신이 그대로 지니고 나머지만 파는 것이디요?" 김종헌이 전에게 물었다.

"맞습네다. 돈이 많은 늙은이가 가난한 젊은이에게서 그의 몸을 삽네다. 그러면 의사가 늙은이의 뇌를 젊은이의 몸속에 넣고 젊은이의 뇌는 늙은이의 몸속에 넣습네다. 그러문 늙은이는 젊은 육신을 갖고 젊은이는 늙은 몸을 갖고 큰돈을 손에 쥐디요."

무거운 침묵이 듣는 사람들 사이에 내렸다. 전의 솔직함은 충격적이었다. 여기 모인 사람들은 모두 험한 경험들을 한 터라 어지간한 얘기엔 눈도 깜짝하지 않았지만, 지금은 누구도 무슨 우스개로 분위기를 누그러뜨리려고 나서지 못했다.

문득 내 살 속으로 두려운 예감이 검은 전기처럼 저릿하게 흘렀다. 갑자기 거세게 뛰기 시작한 가슴을 진정시키려 애쓰면서, 나는 둘레를 한 바퀴 둘러보았다. 이제 날이 어둑했다. 어느새 해는 산줄기 너머로 지고 불그스레한 노을의 잔영만이 해가 진 곳을 가리켰다.

　"전 선생님, 여자들도, 그러니끼니 할머니들도, 몸을 바꿉니까?" 김이 입을 열었다. 몸을 통째로 바꾸는 것에 진지한 관심을 가진 듯, 그의 얼굴과 말씨는 심각했다.

　"나이 많은 여자들도 젊은 몸으로 바꿉네다. 많디는 않디요. 나는 그런 거래를 중개한 적이 아즉 없습네다."

　"왜 그런가요?"

　손등으로 턱을 문지르면서, 전이 생각을 정리했다. "글쎄요. 잘은 모르갔습네다. 여러 가지 이유가 있갔디요. 내레 보기엔, 늙은 여자들은 늙은 남자들보다 성욕으로부터 좀 자유로운 것 같습네다. 남자들은 늙었어도 젊은 여자들을 가까이하고 싶어 하고 그래서 성적 능력을 되찾고 싶어 하디요."

　얼굴에 묘한 웃음을 띠고서, 전은 사람들을 한 바퀴 둘러보았다. "반면에, 여자들은 늙으면 성욕을 채우는 일에 그리 큰 관심을 보이디 않는 것 같습네다. 내레 할마니들하고 많이 살아보디 않아서 자신 있게 말할 수야 없디만."

　전의 농담에 사람들이 반갑게 웃음을 터뜨렸다. 분위기가 좀 가벼워졌다.

"그리고 나이 든 여자들은 나이 든 남자들보다 가족에게 애착이 큰 것 같습네다. 아마도 그것이 중요한 이유인 것 같습네다. 나이 든 사람이 젊은 몸을 얻으면, 남자든 여자든, 정상적인 가정생활이 어렵습네다. 그래서 가족과 헤어져서 혼자 사는 경우가 많디요. 젊은 몸을 얻는 것에도 바람딕하디 못한 면은 있디요." 전이 싱긋 웃었다.

사람들이 모두 힘을 주어 고개를 끄덕였다.

"돈을 받고 자기 몸을 판 사람은 어드케 되나요?" 리가 물었다.

전이 한숨을 내쉬었다. "그 사람은 이제 늙은 몸속에 든 젊은 뇌디요. 그의 새 몸은 늙었기 때문에, 그는 얼마 살디 못 하갔디요."

"그렇게 돈을 받고 자기 몸을 파는 사람들은 도대체 어떤 사람들입네까?" 무엇이 못마땅한지, 리가 좀 거세게 물었다.

"온갖 사람들이 다 있디요. 그러나 그 사람들에겐 공통점이 하나 있습네다. 당장 큰돈이 필요하다는 거."

"하긴 자기 목숨을 스스로 끊는 사람들도 많으니까," 김이 받았다. "절망적 상황에서 자살보다는 큰돈 받고 몸을 파는 것이 나을 수도 있갔디. 빚에 짓눌린 사람들이라든디……"

"그래서 그런 거래를 중개하고 나문, 보람 비슷한 것을 느끼게 됩네다. 이 불완전한 세상을 위해서 좋은 일 하나를 했다는 생각이 들디요. 거래의 양 당사자들이 이익을 본 것이디요. 젊은 몸을 얻은 사람이야 말할 것도 없고. 젊은 몸을 판 사람도 작디 않은 돈을 얻어서 요긴한 데 쓰고. 병을 앓는 자식을 위해서 치료비를 댈 수도 있고. 사업을 하다가 재산을 다 날리고 빚에 눌린 처지라면, 빚을 갚고 자식들 교육시키고. 지금까지 내가 중개한 거래들이 꽤 되는데, 후회한 사람은 없었습네."

다시 살 속으로 검은 예감이 저릿하게 흘렀다. 눈앞에 민히와 신지가 떠올랐다. 그랬다, 큰돈이 생긴다면, 내가 평생 사랑했던 여인과 내가 한 번도 아비 노릇을 하지 못한 내 딸에게 많은 것들을 해줄 수 있었다. 큰돈만 생긴다면.

"그리고 전 선생님은 코미션을 두둑히 챙기시구요." 냉소와 시샘이 어린 말씨로 리가 말했다.

전이 어깨를 추슬렀다. "물론이디요. 이 일은 성사시키기가 무척 어렵고 상당한 위험도 따릅네다."

사람들이 고개를 끄덕였다. 절망적 상황에서 극단적 결정을 내린 사람들을 상대하니, 위험이 따를 터였다. 무엇보다도, 당국에서 알면, 큰 문제가 생길 터였다.

"이런 일은 합법적입네까?" 김이 물었다. 그도 나와 비슷한 생각을 한 모양이었다.

"합법적인 것은 아닙네다. 그렇다고 불법적인 것도 아닙네다," 전이 조심스럽게 말을 골랐다. 사람들의 관심을 끌어모았음을 확인하고서, 그는 차분히 설명을 덧붙였다. "지금 조선엔 성인들이 자발적으로 몸을 교환하는 행위를 다루는 법이 없습니다. 전에는 그런 행위가 기술적으로 불가능했으니끼니, 그것을 다루는 법이 미리 나올 수는 없었디요. 지금도 누가 불평을 하거나 사회적 문제가 되어야, 법이 만들어딜 것 아니갔습네까? 그래서 육신교환은 법의 회색지대에 놓여 있습네다."

"돈 많고 권력을 가진 자들이 돈 없고 힘 없는 젊은 사람의 몸을 돈 주고 사서……" 리가 속이 뒤집힌다는 얼굴로 거칠게 내뱉었다.

"어떤 사람들이 그렇게 돈을 주고서 젊은 몸을 사나요?" 리의 거친 말로 어색해진 분위기를 풀려는 듯, 김이 진지하게 물었다.

"리 선생님 니야기대로," 리를 가리키면서, 전이 차분하게 대꾸했다. "돈 많고 권력을 누리는 사람들이 사디요. 주로 중국 사람들입네다. 엄청난 재산을 갖고 엄청난 권력을 가진 중국 부자들이 여기 와서 늙은 몸을 젊은 몸으로 바꾸어 갑네다. 중국에선 그렇게 몸을 바꾸는 것이 불법이거든요."

전의 얘기가 마음속으로 들어오면서, 가까운 곳에서 일어난 폭발의 충격파를 맞은 듯한 느낌이 들었다. 놀랄 일은 아니었다. 지금 조선과 중국 사이의 관계를 생각하면, 당연한 일이었다. 그래도 전의 얘기는 내 몸과 마음에 몹시 언짢은 느낌을 남겼다.

어색한 침묵 속에 어두워진 얼굴들을 보면서, 나는 대학 다닐 때 배운 역사적 사실을 아프게 떠올렸다. 우리나라는 옛적부터 아리따운 처녀들을 중국의 왕조들에게 바쳤다. 공녀(貢女)라고 불린 그 처녀들은 신라가 당(唐)에 바치기 시작한 이래 조선조까지 중국으로 끌려가서 힘들고 외롭게 살았다. 조선에서 사춘기가 되기도 전에 결혼하는 조혼(早婚)의 풍속이 그래서 나왔다고 했다. 이제는 조선 젊은이들이 중국의 늙은이들에게 젊은 몸을 팔고 있었다. 내 몸속 깊은 곳에서 뜨거운 기운이, 검붉은 용암 같은 분노의 덩어리가, 거세게 솟구쳤다.

둘러선 사람들의 얼굴도 속에서 치미는 분노를 드러내고 있었다. 조선 사람들 사이에서 그런 거래가 일어난다면, 찬반이 엇갈릴 터였다. 반대하더라도, 사회적 비용과 혜택을 따져서 나온 결론이므로, 감정이 실린 주장은 아닐 터였다. 그러나 중국의 돈 많은 늙은이들이 가난한 조선 젊은이들의 몸을 사 간다면, 얘기가 전혀 달랐다. 모든 일들에서 중국의 압제를 받는데, 사람 몸까지 중국 사람들에게 내준다는 것은 말도 안 된다는 생각이 얼굴마다 뚜렷이 쓰여 있었다.

그러나 전 자신은 태연했다. 어떻게 그런 일을 중개하느냐 하는 비난과 혐오의 눈길을 의식하지 못하는 듯했다.

문득 궁금해졌다, 왜 그가 이런 얘기를 하는지. 그가 지금 하고 있는 얘기들은 다른 사람에게 하기 어려운 것들이었다. 원래 중개업이라는 것이 사람들의 존경을 받는 직업이 아니고 늙은이들이, 그것도 중국 늙은이들이, 조선 젊은이들의 몸을 사도록 알선하는 일은 조선에선 당연히 경멸과 비난을 받을 터였다. 그런데도 똑똑하고 경험 많은 그가 감추지 않고 솔직하게 얘기한다면, 나름으로 무슨 계산이 있을 터였다.

"이런 일이 언제부터 일어났습네까?" 자갈들이 부딪치는 듯한 목소리로 리가 물었다. 묻는다기보다 심문하는 듯했다.

"한 삼십 년 됐나요? 거부 반응 문제가 해결되자마자, 이 비즈니스가 생겼다고 합데다." 리의 말씨에 담긴 비난을 모르는 듯, 전은 심상하게 대꾸했다.

"아, 거부 반응 문제가 해결되었습네까?" 김이 물었다.

"네. 완전히 해결된 것은 아니지만, 육신교환 수술이 가능할 정도는 된다고 의사들이 니야기합데다."

"거부 반응 문제가 어드케 해결되었습네까? 면역 체계의 거부 반응은 아주 복잡해서 해결할 수 없을 텐데," 리가 다시 거칠게 물었다.

전이 얼굴에 웃음을 올리면서 가볍게 고개를 저었다. "내레 니야기를 들었디만, 지금 여기서 설명할 수는 없습네다. 내레 의사도 아니고."

전의 얘기에 사람들이 반갑게 웃음을 터뜨렸다. 모두 리의 공격적 질문으로 분위기가 너무 어색해졌다고 느낀 듯했다.

"내레 지금 기억하는 것은 면역 체계가 본질적으로 학습 체계라는 겁네다. 그래서 면역 체계도 재교육이 가능하답네다. 우리처럼."

그 얘기에 웃음판이 되었다. 리까지 따라 웃었다.

"수술은 위험하디 않습네까?" 최순용이 물었다. 최는 나이가 나와 비슷했는데, 노동당 자강도 지부에서 일했다고 했다.

　"물론 위험하디요. 그래도 큰 수술치고는 비교적 덜 복잡하고 덜 위험하다고 합데다. 로봇 의사 두 팀이 동시에 뇌를 떼어내서 교환하는데, 수술의 전 과정이 전자적으로 완벽하게 조정되기 때문에, 장기 손상이 최소화된다는 니야기입네다. 인간 의사는 자세하게 보디 못하지만, 로봇 의사는 여러 주파수로 수술 부위들을 살피기 때문에, 수술의 정밀도에서 차원이 다르답데다. 물론 엉뚱한 실수도 없구요. 저번에 친한 로봇 의사한테 물어봤더니, 이제 수술 자체는 거의 일상적 과정이 되었다고 합데다. 수술 뒤에 나오는 부작용도 아주 작고."

　실시간으로 소리 없이 정보를 주고 받으면서 동시에 정교한 수술을 섬세하게 진행하는 두 팀의 로봇 의사들——초현실적이면서도 어쩐지 안심이 되는 심상이었다. 그제야 나는 내가 무엇을 걱정했는가 깨달았다. 돈과 권력을 지닌 구매자는 노련한 의사들이 달라붙어서 정성껏 수술하고 돈도 힘도 없는 판매자는 서툰 의사들이 대충 수술할 가능성이 마음에 걸렸던 것이다. 로봇 의사들이 두 팀으로 나뉘어 동시에 수술을 한다면, 파는 사람과 사는 사람을 구태여 차별할 이유가 없었다. 나는 다시 깨달았다. 어느 사이엔가 내가 이 일을 나 자신이 몸을 파는 입장에서 살피고 있었음을. 가슴이 뜨끔하면서, 검은 예감이 무슨 거인처럼 성큼 다가섰다.

"결국 돈 많은 중국 늙은이들만 재미 보고 불쌍한 조선 젊은 이들만 희생되는 것 아닙네까?" 리가 다시 항의조로 물었다.

"그렇게 볼 수도 있갔디요." 전이 부드럽게 받았다. "사람마다 생각이 다르니끼니, 이 일에 대해서도 의견이 다르갔디요. 여기서 중요한 것은 거래하는 사람들이 자유로운 상황에서 자발적으로 계약을 맺는다는 것입네다. 만약에 누가 몸을 사거나 팔도록 강요되었다문, 그것은 법의 유무를 떠나 부도덕하고 불법적이디요. 내레 이 일을 오래 해왔디만, 자기 의사에 반해서 몸을 팔게 된 사람은 없었습네다. 그게 중요한 것입네다."

나는 전이 이런 자리를 많이 겪었다는 것을 느꼈다. 그는 자신의 직업에 반감을 드러내는 사람들에게도 그저 차분히 대꾸하고 있었다. 어떤 거센 비난도 어려운 질문도 다 받아낼 수 있다는 자신감이 그의 몸에서 느껴졌다.

"자유로운 상황에서 자발적으로 몸을 사고파는 한, 양 당사자들에게 해가 될 리는 없습네다. 양쪽 다 이익을 보니끼니, 거래가 성립되는 것 아니갔어요? 조선인이냐 중국인이냐 하는 것은 본질적 부분은 아니디요. 우리 마음이야 물론 언짢디만."

잠시 침묵이 사람들 사이에 앉았다. 전의 얘기는 중국에서 많이 들은 것이었다. 이른바 자본주의 논리였다. 어쩐지 잘못되었다는 생각이 들었지만, 막상 반박하려고 하면, 마땅한 논리가 생각나지 않았다. 한숨을 쉬면서, 둘러보았다. 이제는 둘레가 컴컴했다.

"전 선생님, 몸을 파는 사람은 얼마나 받습네까?" 김이 물었다.

"나이에 따라 다르디요."

"제 몸은 얼마나 나가갔습네까?" 어색한 분위기를 가볍게 하려고, 김이 농담조로 물었다. "저는 서른하납네다."

전이 김을 차분히 살폈다. 살 마음이 있는 가축을 살피듯. 언젠가 시창 자치구 호루의 가축 시장에서 야크를 찬찬히 살피던 가축 장수의 모습이 떠올라서, 나도 모르게 피식 웃음이 나왔다.

"김 선생님은 건강해 보이십네다. 잘생기셨고."

김이 좀 겸연쩍은 웃음을 지었다. "감사합네다."

"김 선생님의 몸은 일천팔백만 위안 정도 받을 겁네다."

"아," 최가 탄성을 냈다.

"그렇게 많이 나가나요?" 김이 정말로 놀란 얼굴을 했다. "이제부턴 몸을 아껴야 하갔네."

나도 좀 놀랐다. 일천팔백만 위안은 작은 돈이 아니었다, 서른 갓 넘긴 몸의 시세라 하더라도.

"이십대 초반의 건강하고 잘생긴 젊은이라문, 삼천오백만 위안은 쉽게 받습네다."

"삼천오백만. 대단하네요." 김이 고개를 저었다.

"전 선생님," 나도 모르게 말이 튀어나왔다. "나이에 상한선이 있갔디요?"

"네. 늙은 몸들끼리 맞바꾸는 것이야 의미가 있갰습네까?"

가벼운 웃음이 터졌다.

"전 선생님께서 중개한 거래 가운데 나이가 가장 많았던 경우는 몇 살이었습네까?"

전이 문득 긴장해서 나를 살폈다. "서른네 살이었습네다."

"아, 네." 나는 고개를 끄덕였다. 그리고 한숨을 조용히 내쉬었다. 나는 몸을 팔기에는 너무 늙은 것이었다. 실망과 안도가 내 가슴속에서 어지럽게 섞이고 있었다.

제8장

계약

긴 의자에 누워 무거운 바벨을 들어 올리면서, 나는 괴로움 섞인 즐거움이 근육에 고이는 것을 느꼈다. 몸 안에 쌓인 노폐물들이 땀으로 배출되는 듯, 땀이 날수록 몸이 가뿐해졌다. 군단을 떠난 뒤로는, 힘을 쓰거나 땀을 흘리며 운동한 적이 없었다.

나는 팔이 뻣뻣해질 때까지 바벨을 밀어 올렸다. 천천히 숨을 고르면서, 비판적 눈길로 한 바퀴 둘러보았다. 지하 체육관은 꽤 넓었지만, 운동 기구들은 간단했고 낡았다. 그래서 널찍하다는 느낌 대신 버려졌다는 느낌이 들었다. 하긴 이곳 재교육학교의 모든 시설들이 제대로 관리되지 않는다는 느낌을 주었다. 이곳은 정권이 보다 억압적이었고 그래서 더 많은 주민들이 재교육을 받았을 때 많이 쓰였을 터였다.

그래서 그런지, 재교육 과정도 생각보다 느슨했다. 전 과정이 겨우 2주였고, 교육 일정도 그리 엄격하게 통제되지 않았다. 기상 나팔은 여섯 시에 들렸고 취침 나팔은 열 시에 들렸지만, 학교 요원들은 과외 시간엔 학생들의 활동을 규제하거나 감시하지 않았다. 그래서 저녁엔 거의 네 시간을 내 마음대로 쓸 수 있었다. 그것은 군단에선 생각할 수 없었던 자유였다. 사람들은 주로 오락실에서 텔레비전을 보았고 몇몇은 대담하게도 자기네 방에서 카드놀이를 하는 눈치였다.

나는 혼자 여기로 빠져나와서 땀 날 때까지 운동했다. 종일 강의실에 앉았던 몸을 운동으로 푸는 것보다 더 즐거운 일은 없었다. 마음도 평안해졌다. 앞으로 힘든 일을 하면서 생계를 꾸리고 신지를 위해서 저축도 해야 하므로, 나로선 말 그대로 몸이 재산이었다. 이렇게 몸을 가꾸면, 늘 마음 한구석에 묵직하게 자리 잡은 돈 걱정이 뒤로 물러났다.

'이제 열흘이 남았구나.' 가벼운 한숨을 내쉬고서, 나는 옆에 놓인 줄넘기 줄을 집어 들었다.

바닥을 차고 오르는 발에 탄력이 느껴지면서, 즐거움이 다시 살을 채우기 시작했다. 물론 젊을 때 같지야 않았지만, 그래도 한 십 년은 무슨 중노동도 견딜 것 같았다. 그런 자신감 아래엔 스물다섯 해 동안 칭하이와 시창의 황량한 고원에서 강제 노동을 견디며 살아남았다는 자부심이 단단한 지반처럼 자리 잡고 있었다.

"아, 윤 선생님. 운동을 하시는군요." 계단을 내려오면서, 전세훈이 밝은 목소리로 말했다.

"네," 나도 밝은 목소리를 냈다. "이곳은 관리가 제대로 되지 않았네요. 내레 바닥의 먼지는 닦아냈습네다. 간단한 운동은 할 만합네다."

그가 고개를 끄덕이고서 생각하는 눈길로 체육관을 한 바퀴 둘러보았다. "한때는 사람들이 많이 이용하던 곳인데……"

줄을 넘으면서, 나는 그가 한 말을 되새겼다. 그리고 내가 낼 수 있는 가장 심상한 말씨로 지나가듯 물었다. "전 선생님께선 전에 이곳에 와보셨습네까?"

운동복을 입은 내 몸매를 살피는 눈길로 훑어보면서, 그가 고개를 끄덕였다. "네. 실은 여러 번 왔었디요."

"아, 그렇습네까?" 내 육감이 맞았다——그는 보통 학생이 아니었다. 문득 음산한 느낌이 들면서 소름이 끼쳤다. 어떤 사람이 이곳에 여러 번 왔을까? 하긴 어떤 사람이 사람의 몸을 바꾸는 거래들을 중개한다고 태연히 말할까? 그런 생각이 얼굴에 나오지 않도록, 나는 열심히 줄을 넘었다.

"저는 재교육을 받는 학생입네다. 다만 저는 특별한 학생입네다." 내 생각을 짐작한 것처럼, 그가 설명했다. "저는 관찰 학생입네다. 이 학교를 위해 재교육 강좌의 수행을 관찰하디요. 이런 재교육 강좌에선 그렇게 관찰하는 것이 원만한 학습을 위해 필수적이디요."

감시원이라는 얘기였다. 등이 서늘해지고 가슴이 오그라드는 듯했다. 그가 감시원이라는 사실도 음산했지만, 그가 나와 단둘이 있는 자리에서 자신의 신분을 태연히 밝힌다는 것도 못지 않게 음산했다. 나는 더욱 열심히 줄을 넘었다.

"아, 그러십네까?" 대꾸하는 내 목소리가 삐걱거렸다.

"윤 선생님은 몸이 정말로 똥습네다. 선생님 나이에 사람들은 대부분 근육이 줄고 살만 찌디요."

그의 직업적 눈길 앞에서 나는 벌거벗은 느낌이 들었다. 아까 김종헌의 몸매를 살피던 그의 눈길이 생각났다. "중국 철도 군단에서 일하문, 살 찔 틈이 없습네다."

나의 가벼운 자기비하적 농담에 그가 소리 내어 웃었다. "그렇갔디요. 거기 작업은 무척 힘들디요?"

"네. 아무래도 힘을 써야 하는 일이니까요. 그래서 일과가 아주 엄격하게 통제됩네다. 몸 상태가 최상이 아니문, 사고를 내게 되디요." 나는 자부심을 굳이 감추려 하지 않았다. 전과 같은 사람에게 무엇을 감추려 하는 것은 어리석었다. 그의 저돌적인 정직엔 이쪽도 거리낌 없는 정직으로 대응하는 것이 차라리 나을지도 몰랐다. 적어도 마음은 편했다.

그가 진지하게 고개를 끄덕였다. "거기선 생활이 단순하디요? 술도 마약도 하디 않디요?"

"군단은 수도원은 아닙네다." 나는 싱긋 웃었다. "그래서 술은 어느 정도 허용됩네다. 그러나 마약은 철저하게 통제되디요. 철도에 관련된 일을 하는 사람들이 늘 두려워하는 것은 사고거든요. 만일 우리 요원이 마약을 하문……" 나는 고개를 저었다.

"알갔습네다." 고개를 끄덕이면서, 그가 다시 내 몸매를 살폈다. "윤 선생님."

"네?" 나는 줄넘기를 멈추고 숨을 깊이 쉬었다.

"윤 선생님은 몸을 정말로 잘 가꾸셨습네다. 만일 몸을 파신다문, 높은 값을 받으실 겁네다."

"아, 그렇습네까?" 뜻밖의 얘기라, 나는 좀 당황스러웠다. 어제 저녁 그는 나이가 많은 사람의 몸은 아예 상품이 될 수 없다고 말했었다.

"윤 선생님은 잘생기셨고 피부도 하얀 편이고 목소리도 듣기 좋고. 프레미엄이 상당히 붙을 겁네다."

속에서 무엇이 울컥하면서, 달아오른 얼굴이 화끈거렸다. 느닷없이 내 몸을 평가하는 그의 무례에 화가 나기도 했지만, 내 속마음을 들킨 것이 겸연쩍었다. 나는 마음을 다잡고 얼굴에 웃음을 올렸다. "칭찬 감사합네다. 그러나 어제 저녁에 전 선생님께서 말씀하셨잖습네까, 저는 나이가 너무 많다고?"

그는 손을 저어 내 말을 옆으로 밀어냈다. "저는 다만 중년의 몸을 중개한 적이 없다고 니야기했습네다. 실은 중년의 몸을 더 좋아하는 사람들도 있습네다."

"그렇습네까?" 나는 천천히 옆 벽으로 다가가 줄넘기 줄을 걸어놓았다. "어떤 사람들이……? 모두 젊은 몸을 찾는 것 아닌가요?"

"나이가 많은 사람들이디요. 늙은 뇌라고 하는 편이 정확하갔디요. 늙은 뇌는 살 날이 얼마 남디 않았으니끼니, 중년의 몸도 동디요. 비용도 훨씬 적게 들구요."

나는 고개를 끄덕였다. "그럴 만도 합네다."

"아주 늙은 뇌는 아주 젊은 몸과 잘 어울리디 않습네다. 노인은 강력한 엔진을 단 스포츠카를 몰고 다니디 않잖습네까?"

그의 비유가 그럴 듯해서, 나도 모르게 웃음이 나왔다. 그가 그렇게 성찰적인 면모를 지녔다는 것이 새삼 놀라웠다. 그가 범상한 인물은 아니라고 생각했지만, 사람 몸을 팔고 사는 것을 중개하는 사람이라는 사실이 그의 다른 면들을 가려온 것이었다.

"팔팔한 몸속의 늙은 뇌—어쩐지 음란하게 느껴디디 않아요?" 그가 물었다.

그 물음도 나를 놀라게 했다. 그는 자신이 종사하는 일을 정당화하기 급급한 것이 아니라, 그 일을 비판적으로 살필 만한 지적 능력과 여유를 지닌 것이었다. 듣고 보니, 어쩐지 음란하게 느껴졌다, 늙은 뇌가 젊은 몸을 갖추고 육체적 쾌락을 탐하는 모습이. 그리고 서글프게 느껴졌다. 누구였던가, "사람의 욕정은 슬픈 빛깔을 한다"고 한 시인이?

"그런 것 같습네다," 나는 뒤늦게 대꾸했다. "듣고 보니, 좀 음란하단 생각이 들기도 하네요."

"그래서 고객이 우리 회사의 서비스를 원하면, 우리는 그 사람의 나이에 맞는 몸을 권합네다."

"아, 전 선생님은 회사에서 일하세요?"

"물론이디요. 이 사업은 큰 사업입네다. 언뜻 생각하기보다 훨씬 복잡하고 위험합네다. 큰 회사라야 감당할 수 있습네다."

"그렇갔네요." 천천히 고개를 끄덕이면서, 나는 이 새로운 정보를 소화했다. 그가 뜨내기 장사꾼이 아니고 큰 회사를 위해 일한다는 사실은 지금까지 그에게서 들은 얘기들을 새로운 각도에서 바라보도록 만들었다. 육신교환이 큰 회사의 관장 아래 이루어진다면, 젊은 몸을 파는 사람이 질 위험이 크게 줄어드는 것이었다. 그 사실은 내가 돈을 받고 내 몸을 늙은 몸과 바꾸는 일을 현실적 선택으로 만들었다.

"우리 회사는 병원을 소유하고 있습네다. 인민복지병원이라고. 상당히 큰 병원인데, 전적으로 육신교환 수술만 하고 있습네다."

"아, 그렇습네까?" 그 정보는 결정적이었다. 어둠 속으로 뛰어드는 심정으로 나는 입을 열었다. "전 선생님, 제가 전 선생님께서 불쾌하게 생각하실지도 모르는 질문을 하나 해도 되갔습네까?"

"물론이디요. 무슨 질문이든 거리낌 없이 하시라우요." 잔잔한 눈길로 나를 살피면서, 그가 부드럽게 받았다.

나는 마음을 다잡고 하기 힘든 얘기를 입 밖으로 밀어냈다.

"전 선생님께선 몸을 팔 사람을 찾으려고 여기 오셨나요?"

"그렇습네다. 윤 선생님께서 잘 보셨습네다." 그가 머뭇거리지 않고 대꾸했다.

내 짐작이 맞으리라고 예상했었지만, 그의 솔직한 대꾸에 내 마음이 한순간 흔들렸다. 지금 나는 내 몸을 평가하고 흥정하려는 사람과 마주 서서 얘기하는 것이었다.

들끓는 감정들을 가라앉고 어지러운 생각들을 정리하려 애썼지만, 그에게 무엇을 물어야 할지 생각이 나지 않았다. 그저 발가벗고 사람 몸을 사고파는 장사꾼 앞에 섰다는 느낌이 마음을 덮었다.

무엇이든 물어야 한다는 생각에 내내 마음에 걸렸던 것을 꺼냈다. "전 선생님은 특별 학생이시니끼니, 재교육 강좌가 제대로 진행되는가 평가하는 특별 학생이시니끼니, 학생들에 대해서 많이 아시갔네요?"

야릇한 웃음이 그의 얼굴을 스쳤다. "알아야 할 만큼은 알디요."

"저에 관해서도 많이 아시나요?"

그가 생각하는 눈길로 나를 살폈다. "이곳 재교육학교는 당의 직속 기관입네다. 그래서 학생들에 관해서 당국이 수집한 정보들은, 특별한 것들을 빼놓고는, 다 여기 있다고 보아도 될 겝네다."

"얼마나 자세히 아시나요?"

"글쎄요." 그가 다시 생각하는 눈길로 나를 살피더니, 가벼운 웃음을 얼굴에 올렸다. "상당히 자세히 안다고 해야겠지요."

다음 물음은 워낙 뻔했으므로, 생각보다 쉽게 나왔다. "그러면 제가 지금 큰돈이 필요하다는 것도 아시겠네요?"

그가 이해하는 얼굴로 무겁게 고개를 끄덕였다. "윤 선생님 파일에서 읽었습니다, 윤 선생님에겐 곧 결혼할 따님이 있다는 것을."

딸 얘기에 내 가슴이 두려움으로 얼어붙었다. 내가 입국한 뒤 당국의 감시를 받아왔다는 것이야 물론 잘 알았고 신지가 내 딸이라는 사실도 조만간 당국이 알게 되리라고 생각했지만, 그래도 전의 얘기는 내 마음을 세차게 흔들었다. 차오웨이가 즐겨 하던 얘기가 떠올랐다——"전체주의 국가에선 당국이 인민들에 관해서 인민들 자신들보다 더 잘 안다."

"그렇습네다. 저는 이십오 년 만에 중국에서 돌아왔습네다. 강제 노동이었기 때문에, 한 푼도 받디 못했습네다. 저는 지금 돈도 일자리도 없습네다. 딸아이는 곧 결혼하는데, 애비로서 해줄 수 있는 것이 하나도 없습네다. 제 몸은 얼마나 나갑니까?"

그가 자세를 바로 하더니 무게 실린 눈길로 나를 살폈다. 내가 에두르지 않고 곧바로 얘기를 꺼낸 것이 좀 뜻밖이었던 듯했다.

마음이 가벼웠다. 가슴에 무겁게 얹혔던 무엇이 사라진 듯. 몸까지도 가벼워진 느낌이었다. 밖에서 누가 사람을 부르는 소리가 들려왔다.

"일천만 위안은 받으실 겁네다. 지금 당장은 구백만 위안을 보장하갔습네다."

구백만 위안— 섭섭한 금액은 아니었다. 실은 내 예상보다 훨씬 높았다. 나로선 사오백만 위안이면 된다고 생각한 터였다.

나도 모르게 긴 한숨이 나왔다. "제가 기대한 것보다 많습니다. 마흔너히끼니, 제 몸이 매력적인 상품은 아니디요."

"젊음이 물론 가장 중요한 고려사항이디요. 그러나 거래를 중개하는 사람의 입장에선, 다른 것들도 중요합네다." 그가 진지하게 말했다. "파는 사람의 성격도 중요합니다. 실은 그것이 몸을 팔 사람을 찾을 때 우선적 고려사항입네다."

"그렇습네까?"

"육신교환과 같은 미묘하고 위험한 사업에선, 나중에 말썽을 일으킬 사람을 피하는 것이 결정적으로 중요합네다. 수술이 끝나고 자기 몸이 낯설고 늙은 몸으로 바뀐 것을 보문, 사람 마음이 달라디게 마련이디요."

"듣고 보니, 그렇네요."

"그것이 제가." 그가 손가락으로 마루를 가리켰다. "여기로 고객을 찾으러 오는 이유입네다. 여기 오는 학생들은 대부분

사상 범죄 때문에 재교육을 받습네다. 그 사실은 그 사람들이 가난할 뿐 아니라 좋은 성격을 디녔다는 것을 뜻합네다. 여기 학생들은 한번 계약을 하면, 뒤에 계약을 취소하갔다고 떼를 쓰거나 엉뚱한 니야기를 하면서 말썽을 일으키디 않습네다."

그의 얘기는 앞뒤가 잘 맞았다. 마음이 한결 밝아졌다. "전 선생님, 하나만 더 묻갔습네다."

전이 고개를 끄덕였다.

"젊은 몸을 팔기로 계약한 사람은 자기가 속디 않는다고 어떻게 확신할 수 있디요? 한번 수술대 위에 누우면, 그 사람은……?" 나는 두 손바닥을 들어 무력한 처지에 놓인 사람의 처지를 지적했다.

그의 얼굴이 만족스러운 웃음으로 밝아졌다. "윤 선생님, 뚜렷한 사실 하나만 말씀드리갔습네다. 말씀드린 대로, 이 사업은 미묘하고 위험이 큰 사업입네다. 합법적 사업도 아니고, 그렇다고 비합법적 사업도 아닙네다. 그래서 사람들의 눈길을 끌어서 돟을 일이 하나도 없습네다. 무슨 말썽이 나서 당국이 조사를 하게 되문, 우리는 이 사업은 접어야 됩네다. 그래서 우리 회사는 작은 말썽도 나디 않도록 주의하디요. 그렇게 하는 길은 하나뿐입네다. 우리와 거래하는 사람들 모두가 만족해야 합네다. 특히 젊은 몸을 판 고객들이 불평을 하디 않아야디요."

조리 있는 얘기였다. 속아서 내 몸만 빼앗길 염려는 없다는 생각이 들었다.

내 얼굴을 살피면서, 그가 말을 이었다. "그리고 돈은 전액 수술 전에 지급됩네다. 계약 금액의 반은 계약 당시에 지급되고, 나머지 반은 수술 직전에 지급됩네다."

계약 금액을 모두 선불한다면, 그것보다 확실한 보장은 없었다. 너무 조건이 좋으니까, 오히려 의심이 슬그머니 들었다. "만일에 당국이 알게 되문, 이 사업은 어찌 되나요?"

"윤 선생님, 우리가 당국의 묵인 없이 이 사업을 할 수 있으리라고 생각하십네까?"

뭐라고 대꾸하기가 마땅치 않아서, 나는 그의 수사적 물음에 그저 고개만 끄덕였다.

"조선 기관들과 폐양 주재 중국 기관들이 다 알고 있습네다. 실은 그 기관들이 재미를 가장 많이 봅네다. 우리가 올린 수입에서 가장 큰돈이 그런 기관들로 나갑네다. 손을 내미는 사람들이……" 그가 고개를 저었다.

새로운 얘기는 아니었지만, 뇌물이 어느 정도인지 궁금했다. "그런 기관들에 나가는 돈이 얼마나 됩네까?"

그가 잠시 생각했다. "저도 자세히 알디는 못합네다만, 한 반은 안 되갔시요?"

"전 선생님, 이건 사업상 비밀이갔디만, 좀 궁금합네다. 몸을 사는 사람이 전 선생님 회사에 지불하는 돈에서 얼마가 몸을 파는 사람에게 돌아가나요?"

"우리와 같은 사회에서 궁금한 것이 많으문 오래 살디 못합네다." 그가 진지하게 말했다. 이어 장난스러운 웃음이 담긴 눈길로 나를 살피면서 말을 이었다. "허디만, 궁금한 것이 없었으문, 여기 오시디 않았갔디요."

나도 겸연쩍은 웃음을 지었다. 하지만 그의 지적은 뜨끔했다. 조선과 같은 전체주의 사회에서 궁금증을 푸는 것은 보통 사람들은 누리기 어려운 사치였다.

"몸 상태에 따라서 다릅네다." 내가 앞으로 여기저기 기웃거리지 말고 언행을 조심스럽게 해야 하겠다고 속으로 다짐하는데, 그가 말했다. "육신을 교환하는 일이라, 두 육신의 상태가, 젊은 육신만이 아니라 늙은 육신의 상태까지도, 거래 금액을 산정하는 데 고려됩네다. 젊은 육신의 가치에서 늙은 육신의 가치를 빼문, 지불할 금액이 나오는 것이디요. 만일 늙은 육신이 정말로 늙었으문, 젊은 육신을 파는 사람에게 상당히 많은 보상액이 추가로 지급됩네다."

"아, 그런가요?"

"우리 회사는 고객들의 이익을 최대한 보장하려고 노력합네다. 그래서 수입의 십 퍼센트는 젊은 몸을 파는 고객들에게 돌아가도록 하고 있습네다."

"십 퍼센트요?" 판매 금액의 아주 작은 부분만 몸을 판 사람에게 돌아가리라고 생각하고 있었지만, 십 퍼센트는 예상보다도 훨씬 작았다.

내 반응을 보고, 그가 서둘러 설명했다. "네. 업계의 관행에

비하면, 상당히 높은 편입네다."

"아, 그렇습네까?"

"그리고 우리 회사는 국내에 거주하는 고객들에겐 평생 의료 보험을 제공합네다. 그리고 일 년에 두 차례 우리 병원에서 정기 검진을 받도록 합네다. 애프터서비스는 완벽합네다."

"아, 네. 대단하네요."

"그렇게 하문, 불필요한 오해나 사고를 막을 수 있디요. 그런 사후 관리를 통해서 말썽이 일어나는 것을 막고 평판을 유지하는 것이 장기적으로 회사에 유리하다고 보는 것이디요."

"놀랍습네다." 나는 솔직히 고백했다.

그가 만족스러운 웃음을 지었다. "더 물어보실 것이 있으시문, 말씀해보시디요."

잠시 생각한 다음, 나는 천천히 고개를 저었다. "됐습네다. 제가 전 선생님하고 계약을 맺으면, 공식적으로는 전 선생님 회사와 계약을 맺갔디만, 저는 제 목숨을 전 선생님께 전적으로 맡기는 셈이 됩네다. 그래서 전 선생님에 대해서 좀더 잘 알고 싶습네다. 허디만, 그것은 다른 문제갔디요."

그가 고개를 끄덕였다. "저에 대해 궁금한 것이 있으시문, 언제든지…… 윤 선생님, 그러문 계약할 준비가 되신 것인가요?"

나는 힘주어 고개를 끄덕였다. "네. 계약할 준비가 됐습네다."

"제가 구백만 위안은 보장하갔습네다. 일천만 위안을 받도

록 애써보갔습네다. 거기에다 평생 의료보험을 회사가 부담합
네다. 그런 조건으로 되갔습네까?"

"네. 둏습네다."

"그러문……" 그가 손을 내밀었다. "윤 선생님처럼 둏으신
분과 계약을 하게 되어서, 정말로 기쁩네다."

"감사합네다." 그의 손을 잡았다. 내 손을 단단하게 잡은 그
의 손이 듬직했다. 이어 무엇이 사라진 듯 가슴에 허전한 느낌
이 들었다.

제9장
새사람

"어느새 오월이 다 갔구나." 둘레 풍경을 한 바퀴 둘러보면서, 전세훈이 탄식했다. "꽃도 다 지고. 연둣빛 나뭇잎들은 검푸르러지고. 이제 여름이구나."

그는 계속 나를 놀라게 했다. 그는 처음 재교육학교에서 스스로 동료 학생들에게 보여준 육신교환 중개인의 모습을 훌쩍 넘는 사내였다. 그는 세속적으로 현명할 뿐 아니라 현명하게 세속적이었다. 그는 세상일을 잘 아는 사업가이면서 사람의 본성을 살피는 철학자이기도 했다. 그리고 방금 감상적인 면을 드러냈다.

"그렇네요. 이젠 오월이 한여름입네다. 벌써 무덥네요." 그의 탄식이 풍성해서, 내 얘기가 어쩐지 맥 빠지게 들렸다.

종이컵의 커피를 마시고서, 그가 고개를 끄덕였다. "그래요. 철쭉꽃도 오월 초면 지고 아까시 꽃도 오월 말엔 다 시들어요."

우리는 잠시 지구 온난화에 대해서 얘기했다. 다른 것들과 마찬가지로, 지구 온난화에 관해서도 그는 아는 게 많았다. 나는 그에게 칭하이와 시창의 사라진 빙하에 대해서 얘기했다. 그는 그곳에서의 나의 삶에 대해 관심을 보였다. 의례상 묻거나 스쳐 가는 호기심이 아니라, 군단에서의 강제 노동에 대해서 거의 학구적인 태도로 알고자 했다.

바람 한 무더기가 땀 밴 이마를 시원하게 씻었다. 평양국립도서관 본관 정면에 내걸린 긴 현수막들이 나른하게 흔들렸다. '경제 발전은 인민의 행복을 담보한다' '개인 소득 오십만 위안을 달성하자' '경제 발전으로 새 역사를 담보하자'와 같은 구호들이 무심히 오가는 사람들의 눈길을 끌려고 경쟁하고 있었다. 그 구호들은 정권의 정책에서 나온 미묘한, 그러나 의심할 수 없는 변화를 말해주었다. 제국주의 미국과 물질주의 남조선에 대한 거친 비난과 자주노선에 대한 열렬한 칭송 대신 경제 발전과 풍요로운 삶을 현 정권은 국가의 목표로 내세우고 있었다.

다시 바람 한 무더기가 스치면서, 가슴에서 서글픔과 아쉬움의 물보라가 날렸다. 그랬다. 펄럭이는 현수막이 말해주는 것처럼, 그동안 세상은 바뀌었다. 중국도 바뀌었다. 바뀌지 않은 것은 조선에 대한 중국의 철저한 지배였다. 아직도 조선의 길들은 모두 조선민주주의인민공화국 주재 중국 대사관으로 통했다. 반중국 독립운동 혐의로 체포된 젊은이는 이제 중국의 늙은 부호에게 중년의 몸을 팔려 하고 있었다.

"오동꽃이 벌써 이우누나," 전이 탄식하고서 한쪽에 선 오동나무 두 그루를 가리켰다.

나는 건성으로 고개를 끄덕였다, 현수막이 불러낸 상념을 좇으면서. 좀 추레해진 오동꽃들이 눈에 들어왔다.

그가 시구를 낭송하기 시작했다.

"오동나무 꽃으로 불밝힌 이곳 첫여름이 그립지 아니한가?
어린 나그내 꿈이 시시로 파랑새가 되여오려니.
나무 밑으로 가나 책상 턱에 이마를 고일 때나,
네가 남기고 간 기억만이 소근 소근거리는구나."

내 마음속으로 시구가 자연스럽게 들어왔다. 여운이 길었다.

"멋진 시네요. 누구 시인가요?"

그가 싱긋 웃었다. "정지용이라는 시인의 「오월소식」이란 신데, 윤 선생님, 혹시 정지용이라는 이름 들어보셨습네까?"

"정지용? 처음 듣는 것 같은데요."

"아마 그럴 겁네다. 정지용은 우리가 일본의 식민지였던 시대에 살았습네다. 「오월소식」이란 시는 그가 일본에 유학했을 때 지었다고 합네다."

"모초롬만에 날러온 소식에 반가운 마음이 울렁거리여
가여운 글자마다 먼 황해가 남설거리나니.

……나는 갈메기 같은 종선을 한창 치달리고 있다……

쾌활한 오월넥타이가 내처 난데없는 순풍이 되여,
하늘과 딱닿은 푸른 물결우에 솟은,
외따른 섬 로만틱을 찾어 갈가나.

일본말과 아라비아 글씨를 아르키러간
쬐그만 이 페스탈로치야, 꾀꼬리 같은 선생님 이야,
날마다 밤마다 섬둘레가 근심스런 풍랑에 싸히는가 하노니.
은은히 밀려오는 듯 머얼리 우는 오르간 소리……"

꾸미지 않은, 담담한 낭송이 묘하게 시의 내용과 어울리고
오동꽃 이우는 풍경과 어우러져, 나는 뜻밖에도 큰 즐거움을
맛보았다. "좋은 시네요.「오월소식」이라 했습네까?"

"네. 해방 뒤, 조선반도가 북남으로 분단되었을 때, 정지용
은 남조선에 있었습네다. 그러나 그는 곧 월북해서 우리 조선
으로 왔습네다. 그러다가 숙청되었어요."

"아, 그랬습네까? 왜 숙청되었습네까?"

"미국의 스파이라는 죄목으로. 남조선에서 월북한 공산주의

자들이 많았는데, 조국해방전쟁 뒤에 그 사람들이 한꺼번에 숙청을 당했디요."

"그랬습네까?"

"정지용은 이름난 시인이었습네다. 주로 서정시를 썼는데, 그가 숙청된 뒤엔 그의 작품들은 모두 금지되었디요."

"아, 네. 숙청당했다는 니야기를 들으니끼니, 그 사람 시를 읽어보고 싶은 생각이 더 드는데요."

우리는 모처럼 밝은 마음으로 밝은 웃음을 교환했다. 우리가 사는 사회는 누구도 믿지 못하는 곳이었다. 누가 누구를 무슨 일로 당국에 밀고할지 모르는 세상이었다. 그런 사회에서 체제에 비판적인 얘기들을 나눈다는 것은 최소한의 믿음을 함께하지 않으면 불가능한 일이었다. 그런 연대감을 지닌 사람들이 서로 느끼는 든든함은 내 처지에선 퍽이나 반갑고 고마웠다.

"그런데, 전 선생님, 그렇게 금지된 작품을 어드케……?"

"금지된 자료들에 접근할 수 있었던 적이 있었습네다. 넷날 니야기디요." 그의 목소리에 아쉬움이 배어 있었다. 이우는 오동꽃들을 바라보는 그의 얼굴에 그리움이 어렸다.

"아, 네에." 호기심은 전체주의 사회에선 누리기 힘든 사치라는 그의 경고를 떠올리고, 나는 더 묻고 싶은 마음을 눌렀다. "이곳이 정말 좋네요."

그는 나와 만날 때 이렇게 트인 공공장소를 이용했다. 그는 말하지 않았지만, 나는 그가 다방이나 제과점처럼 닫힌 공간을 되도록 피하려 한다는 느낌을 받았다. 그의 알려지지 않은 이력에서 나온 습관이거나 비밀을 지켜야 하는 사업의 특성 때문이거나 둘 다이거나. 내가 마음을 쓸 일은 아니었다. 이렇게 널찍하고 한가한 공공 도서관에서 만나 천천히 거닐면서 일을 상의하는 것은 나로선 반가웠다.

"기렇디요?" 전이 한 바퀴 둘러보았다. "기래, 함흥에선 일을 잘 보셨습네까?"

"네. 덕분에. 딸아이한테는 작은 아파트를 하나 사주었습네다. 그 애 명의로 등기하고 세금도 다 냈습네다. 나머지 돈은 그 애와 그 애 엄마 통장에 넣어주었습네다. 마음이 홀가분합네다. 전 선생님, 감사합네다."

"별 말씀을. 잘됐군요. 이제 따님도……"

"네. 이제 딸아이도 그 애 엄마도 좀 여유 있게 살갔디요."

전은 말보다 행동이 나은 사람이었다. 나는 몸값으로 일천일백 만 위안을 받았다. 그가 보장한 값보다 이백만 위안을 더 받아준 것이었다. 그 돈 가운데 절반을 먼저 받아서, 신지와 민히를 위해 썼다.

"나머지 절반은 내일 윤 선생님 계좌에 입금될 겁네다. 그 금액은 수술이 끝난 뒤에야 인출이 가능합네다."

"감사합네다. 그런데, 전 선생님."

"네?"

"어려운 부탁을 하나 해도 되갔습네까?"

"말씀해보시디요."

"나머지 절반을 수술 전에 찾을 수 없을까요? 물론 계약 조건은 잘 압니다만……"

"무슨 일이 있습네까?"

"아닙네다. 그저 그 돈을 지금 딸아이와 그 애 엄마에게 송금하고 싶어서……"

그가 나를 찬찬히 살폈다. "윤 선생님께선 우리를 믿디 않으시는군요."

나는 움찔했다. 그가 내 마음을 잘 읽은 것이었다. 그에게 내 속마음을 굳이 감추려 한 적은 없었지만, 그래도 꽤나 겸연쩍었다.

"저는 전 선생님과 전 선생님 회사를 믿습네다. 믿디 않았다문, 계약을 했갔습네까? 저는 다만 제 딸아이가 애비 없이 혼자서도 잘 살아나갈 만한 재산을 가졌다는 확신을 갖고 수술대 위에 눕고 싶습네다."

그가 이해한다는 얼굴로 고개를 끄덕였다.

"수술한 뒤엔 제가 실제적인 일들을 할 수 없잖습네까? 저는 이미 다른 사람이 되어버렸을 것 아닙네까? 그래서 딸아이에게 돈이 안전하게 가도록 미리 마무리해놓고 싶습네다."

"알갔습네다. 따님을 위해서 할 수 있는 일들을 다 마무리해놓고 싶은 심정 잘 알갔습네다. 하디만, 윤 선생님 자신의 여생도 생각하셔야 합네다. 윤세인이란 사람으로서의 삶은 수술과 함께 끝납니다. 그렇다고 해서 윤 선생님의 삶이 수술로 끝나는 것은 결코 아닙네다. 윤 선생님은 다른 이름으로 여러 해를 더 사실 겁네다. 윤 선생님과 몸을 바꿀 사람은 육신의 나이로는 륙십사 세입네다. 지금 조선 사람들의 평균 수명이 팔십륙 세이니끼니, 윤 선생님은 이십이 년 동안 더 사시리라고 보아야 합니다. 결코 짧지 않은 여생입니다. 그 여생을 위해서 준비하셔야 할 것 아니갔습네까?"

듣고 보니, 일리 있는 얘기였다. 지금까지 나는 수술 뒤 나 자신이 살아갈 일은 전혀 생각하지 않았다. 그저 신지가 결혼해서 시댁 식구들한테 업신여김을 받지 않도록 해주는 것에만 마음을 썼다. 그러나 그가 지적한 대로, 내 삶이 수술로 끝나는 것은 아니었고 여생이 아주 짧은 것도 아니었다.

"윤 선생님, 육신교환은 무척 충격적인 경험입네다. 당연히, 그런 경험을 하면, 누구라도 생각과 행동이 달라딥네다. 윤 선생님도 수술이 끝나면 세상이 다르게 보일 겁네다. 그래서 일단 돈을 윤 선생님 자신의 통장에 넣어두는 것이 신중한 방안인 것 같습네다. 만약 나중에 따님이 갑자기 돈이 필요하게 되문, 윤 선생님께서 도와주실 수 있잖갔습네까? 따님이 아직 젊고 경험이 적으니끼니, 한꺼번에 너무 큰돈을 맡기는 것은 아무래도……"

절로 고개가 끄덕여지는 얘기였다. 오랜 경험에서 나온 실제적 지혜가 들어 있었다. 내가 돈을 가지고 있는 편이, 나중에 무슨 일이 생겼을 때, 신지를 제대로 도와줄 수 있었다.

"좋은 말씀 감사합네다. 전 선생님 말씀을 따르갔습네다. 다만, 한 가지가 마음에 걸립네다. 제 딸아이에겐 아버지가 다른 동생 둘이 있습네다."

그가 고개를 끄덕였다.

"그 두 아이는 저하곤 아무런 혈연 관계가 없디요. 그래도 제가 그 아이들에게 무엇인가 조금 해주는 것이 두루 좋갔다는 생각이 들어서…… 그 아이들에게 이십만 위안씩 주고 싶습네다."

그가 고개를 끄덕였다.

"그리고 십만 위안으로는 제 시집을 낼 생각입네다." 나는 그에게 내가 시를 써왔고 중국 문학잡지에 시도 발표했다는 것을 얘기했다.

그는 내 얘기에 상당히 깊은 인상을 받은 듯했다. 내 시에 대해서 관심을 보이고 여러 가지를 물었다.

"전 선생님께 자꾸 이런 부탁을 드려서, 정말 미안합니다. 제가 계약에서 벗어난 요구를 하문, 전 선생님께서 어려우시리라는 것 잘 압네다."

"알갔습네다. 지금 오십만 위안을 쓸 수 있게 해달라는 말씀이시디요?"

"네."

"한번 니야기해보디요. 장담이야 할 수 없디만, 그리 되도록

해보갔습네다."

"감사합네다. 미안합네다."

"그것은 그렇고. 윤 선생님, 이제 수술이 끝난 뒤에 살아가실 일에 대해 생각할 때입네다."

나는 무겁게 고개를 끄덕였다. 지금 생각하고 싶지 않은 일이 있다면, 바로 그것이었다. 그러나 그의 말대로, 수술 뒤에도 내 삶은 이어질 터였다.

"먼저, 윤 선생님께선 새로운 신분을 가디셔야 합네다." 내 심정을 아는지 모르는지, 그는 사무적인 어조로 말했다. "지금 신분을 유지하는 것은 실질적으로 불가능합네다."

나는 건성으로 고개를 끄덕였다. 물론 나는 알고 있었다, 수술 뒤에 내가 윤세인으로 살아갈 수 없다는 것을. 그러나 수술 뒤의 상황에 대해 생각하기가 싫었던 터라, 나는 막연히 나를 아는 사람들로부터 사라지리라고 마음을 먹고 있었다. 새로운 신분으로 살아간다는 것은 생각지 못했다.

문득 눈앞에 새로운 가능성이 환하게 열리면서, 무슨 기운이 살을 뿌듯하게 채웠다. 수술 뒤에도 내 삶이 이어진다는 것이 처음으로 실감되었다.

"새 신분을 얻을 수 있나요?" 부푸는 기대감을 누르면서, 나는 심상한 목소리를 내려 애썼다.

"새 신분은 우리가 마련해드립네다." 마음속 자부심을 누르는 목소리로 그가 말했다. "새 신분은 새 몸의 나이에 맞을 것입네다."

"새 몸이 중국 사람의 몸이라……"

"조선 사람의 몸입네다."

"네?" 나는 정말로 놀랐다. "저는 돈 많은 중국 사람만이……"

"이 경우엔 중국인 고객이 젊은 조선인하고 오래전에 몸을 바꿨습네다. 그 중국인 고객이 다시 몸을 바꾸려고 하는 것이디요. 그래서 윤 선생님께서 얻으실 몸은 조선 사람의 몸입네다."

"아, 그렇습네까?" 새로운 정보를 받아들여 소화하느라, 내 마음이 바삐 움직였다. 일단 나쁜 소식은 아니었다. 늙어서 버려진 몸을 얻는 것이긴 했지만, 그래도 내겐 중국인의 몸보다는 조선인의 몸이 덜 이질적으로 다가왔다.

"그 사람은 우한의 폭력 조직의 우두머리라는 소문이 있습네다." 그가 조심스럽게 설명했다. "우리 회사 초창기의 고객이었다고 합네다, 이천사십 년대에. 거부 반응 문제가 해결되고 얼마 되지 않았을 때디요."

"아, 네."

그가 전화기를 꺼내서 무엇을 검색했다. "그 사람은 그때 오십이 세였습네다. 지금은 팔십륙 세라는 니야기디요. 그러니끼니, 그 사람의 뇌가 팔십륙 세란 니야깁네다. 몸은, 아까 니야기한 것처럼, 륙십사 세입네다."

"륙십사 세." 반사적으로 중얼거리면서, 나는 륙십사 세라는 나이를 가늠해보았다.

아까 전이 내가 육십사 세의 몸을 물려받는다고 얘기했을 때는 귓전으로 들었었다. 당장 신지를 위해 할 일들을 내 손으로 마무리하고 수술대 위에 눕겠다는 생각뿐이었다. 수술 뒤에도 나에게 여생이 있다는 사실을 깨닫게 되자, 내가 물려받을 몸의 나이가 문득 중요해진 것이었다. 그러나 아무리 애써도 육십사 세의 삶은 뿌연 물결 너머로 보는 낯선 세상이었다. 육십사 세든 칠십사 세든 그게 그것처럼 보였다. 중년인 나에게 노년은 낯선 세상이었고 그 안의 잿빛 풍경은 그게 그것이었다.

나는 마음을 다잡고 이 자리에서 할 일들에 마음을 모았다. "이런 경우가 처음입네까? 아니문……?"

"제가 아는 한, 이번이 처음입네다. 우리 회사를 통해서 육신교환 수술을 받은 고객이 다시 수술을 받겠다고 찾아온 경우는 이번이 처음입네다."

"그렇습네까? 그러문……" 나는 속으로 계산해보았다. "그 몸의 원래의 임자는 수술 당시에 삼십 세였다는 니야기네요?"

그가 전화기에서 확인했다. "네, 삼십 세."

삼십—지금 나보다 열네 살 젊은 나이. "그 사람은 어드케 하다가 몸을 팔게 되었습네까?"

"조그만 개인 사업을 했드랬는데, 실패하고 빚만 졌습네다. 사채업자들한테 무척 시달린 모양입네다."

"딱한 니야기네요." 나는 한숨을 내쉬었다. "그래 그 사람은 지금 어드케 살고 있습네까?"

그가 한순간 머뭇거렸다. "죽었습니다. 수술 받은 이듬해에 심장마비로 죽었습네다."

문득 가슴이 허전해졌다. 젊은 몸 팔아서 빚 갚고 삼십일 세에 심장마비로 죽은 사내. '심장마비'라는 말이 내 가슴 어느 어둑한 회랑을 따라 메아리로 울리고 있었다. 심장은 여러 가지 원인들로 멈출 수 있었다── 패배감, 고독, 절망, 부끄러움, 또는 죄책감. 마음속에서 떠오른 '나는 무엇으로 죽을까?'라는 물음을 다시 눌러 넣으면서, 나는 한 바퀴 둘러보았다. 밝은 햇살 아래 나른히 누운 늦봄 풍경이 지금 우리가 하고 있는 얘기들과 너무 달라서, 마음이 어찔했다.

"윤 선생님."

"네?"

"회사의 판단으로는 윤 선생님의 새 거주지로 해주나 남포가 돟다고 합네다."

"해주나 남포요?"

"네."

"특별한 이유라도 있습네까?"

"회사 컴퓨터가 분석한 결과, 해주가 가장 적합하다고 나왔고 다음이 남포였습네다. 고객들에 관한 자료들을 다 입력하면, 컴퓨터 프로그램이 새 거주지를 추천하디요. 윤 선생님의 경우, 윤 선생님과 애초에 중국인 고객과 몸을 교환했던 고객이 동부와 연관이 깊습네다. 윤 선생님께선 함경남도가 고향이고 학교도 거기서 다니셨디요. 부모님은 고향이 청진이고 거기서 돌아가셨디요."

나는 고개를 끄덕였다. 일리가 있는 얘기였다. 나를 아는 사람들은 주로 함흥과 관련이 있는 사람들일 터였다.

"또 하나, 그 고객은 김책에서 태어나 거기서 살았습네다. 아마 지금도 부인은 거기 살고 있을 겁네다."

"그렇습네까? 부인이 아직……?"

"우리가 마지막으로 확인했을 때는 그랬습네다. 살던 집에서 그냥 산다고 나왔습네다."

가슴속에서 시린 물결이 일었다. "남편이 돌아오길 기다리면서……?"

"그런 모양입네다."

"아이는?"

"아들이 하나 있었는데, 열다섯 살 때 바다에서 물놀이하다 익사했답네다. 그 기사를 보고, 우리 회사 사람이 조용히 살피고 보고한 것이디요."

"슬픈 니야기네요."

"그렇디요? 하디만, 우리 고객들은 대부분 여생을 즐기다 돌아가십네다. 이분의 경우는 좀 특별한 경우라고 봐야 하갔디요. 하여튼 두 분 다 동부와 관련이 많으셔서, 서부 도시들이 추천된 것 같습네다."

"그러문 해주로 하디요," 나는 밝은 목소리로 말했다. "시창고원에서 추위에 떨고 지낸 터라, 따뜻한 곳이 동습네다. 남포보다는 해주가 남쪽이니끼니, 아무래도 좀더 따뜻하디 않갔습네까?"

내가 밝은 목소리를 내자, 그가 고마워하는 웃음을 지었다. "알갔습네다. 그러문 해주로 하갔습네다." 그는 전화기에 나의 새 거주지를 입력했다.

낯선 남쪽 항구 도시에서 혼자 스무 해의 여생을 살아가는 내 모습을 그려보았다. 아무것도 떠오르지 않았다. 수술 뒤의 삶은 아직 현실적으로 다가오지 않았다.

"그리고 윤 선생님의 새 이름을 정해야 하는데요. 어떤 이름을 갖고 싶습네까?"

잠시 생각해 보았다. "그 사람 이름이 무엇이었나요?"

"그 사람 이름이 리진호였디, 아마," 그가 혼잣소리를 하면서 전화기에서 확인했다. "맞습네다, 리진호였습네다."

"그러문, 전 선생님, 리진효로 하는 것이 어떨까요? 비슷해서, 언뜻 보문……"

"알갔습네다."

"그리고 가능하면, 생년월일도 그 사람과 같게."

"알갔습네다." 웃음이 고인 눈빛으로 그가 고개를 끄덕였다. "되도록이문, 그 사람과 비슷한 사람으로 다시 태어나신다는 니야기시디요?"

"네. 그렇게 해야……" 나도 웃음으로 받았다. 문득 수술 뒤 늙은 몸을 물려받은 내가 살아갈 삶의 모습이 눈앞에서 모습을 갖추기 시작했다. 아직 또렷하진 않았지만, 그 모습은 나름의 논리를 지니고 있었다. 예감과 비슷한 무엇이 머리 뒤쪽에 어른거렸다. 소름이 돋는 느낌이었다.

"그러문 윤 선생님께서 부탁하신 일, 오십만 위안을 지금 찾으시는 일을 위해 제가 할 수 있는 것이 무엇인디 한번 알아보갔습네다."

"감사합네다. 전 선생님, 정말 감사합네다."

우리는 천천히 그가 차를 세워놓은 곳으로 움직이기 시작했다. 바람에 현수막이 펄럭거렸다——"경제 발전은 인민의 행복을 담보한다".

제10장

내 몸과의 마지막 향연

'이러다가 과음하갔다'라는 생각과 '오늘밤에 마시디 않으문, 언제 마시나'라는 생각이 부딪쳐 함께 찌그러지는 것을 느끼면서, 나는 맥주잔을 집어 들었다. 시원한 맥주의 쌉쌀한 맛이 내 기분에 맞았다. 나는 잔을 비웠다.

전세훈이 맥주병을 들어 내 잔을 채웠다.

"감사합네다." 나는 급히 잔을 들어 넘치는 거품을 마셨다. 종이 수건으로 입을 닦고서, 인사치레를 넘어 진심이 담긴 얘기를 했다. "이 맥주 맛이 둏습네다."

밝은 웃음을 지으면서, 그가 고개를 끄덕였다. "둏디요? 칭다오에서 만들어진 맥준데."

"아, 그런가요?" 나는 맥주병을 살폈다. 그의 얘기대로 칭다

오에서 온 맥주였다.

"중국인 고객이 한 니야긴데, 칭다오가 원래 독일의 조차지였답네다. 십구 세기에. 독일 사람들이 살았으니끼니, 당연히 독일 맥주가 도입되었고, 그래서 칭다오엔 정통 독일 맥주의 전통이 계승되고 있다, 그런 니야기를 합데다. 중국 사람 니야기라 얼마나 믿을 수 있을디는 모르디만."

우리는 유쾌한 웃음을 터뜨렸다. 조선 사람들 사이에서 중국 사람들을 폄하하는 얘기는 늘 환영을 받았다. 비록 조선이 중국의 실질적 식민지가 되었고 조선 사람은 누구나 중국 사람과 관계를 맺어 그의 힘을 빌리려고 기를 쓰지만, 아니 그래서 더욱, 일마다 아니꼬운 마음이 드는 것이었다.

"그럴듯한 니야긴데요." 나는 뒤늦게 덧붙이고서 안주 접시에서 마른 오징어 조각을 집어 들었다.

입안에서 오징어 맛이 느껴지면서, 문득 가슴에서 짙은 향수가 일었다. 군단에 있을 때야, 당연히 조선 음식들이 그리웠었다—김치, 된장찌개, 고추장으로 벌겋게 비빈 밥, 냉면, 장아찌, 젓갈. 동료들과 함께 독한 중국 술을 마실 때면, 나는 마른 오징어가 생각났다. 겨우 두 달이 지났는데, 나는 벌써 그 지옥 같은 곳에서 보낸 시절을 그리워하고 있었다.

"뭐니뭐니 해도, 문화가 중요하디요. 지금 우리 조선은 자신의 문화가 없어요. 모두 중국 아니문 남조선에서 나온 것을 제목만 살짝 바꿔놓고서, 우리가 생각해낸 것처럼……" 그가 고개를 저었다.

"맞는 말씀입네다." 흔쾌하게 동의하고서, 나는 흘긋 둘레를 살폈다. 이런 고급 호텔은 처음이었다. 이렇게 호텔의 술집에서 술을 마시는 것은 생각해본 적도 없었다. 널찍한 술집은 반넘게 찼고, 술을 마시는 사람들은 걱정할 것이 하나도 없는 사람들처럼 보였다. 나만이 밝힐 수 없는 비밀을 품은 것 같았다. 모레면 내 몸을 잃는 나만큼 불행한 사람이 여기 있을 것 같지 않았다. 쓰디쓴 감정이 젖은 스모그처럼 내 가슴을 매캐하게 채우기 시작했다.

내가 내 몸으로 보내는 마지막 밤이었다. 내일 아침 나는 수술을 위해 병원에 입원할 예정이었다. 한 번 더 철저하게 진료한 다음, 내 몸에 이상이 없고 다른 것들도 예정대로 진행되면, 다음 날 수술이 이루어질 터였다. 그러면 나는 육십사 세의 늙은이로 병원을 걸어 나올 터였다. 내 삶에서 스무 해가 문득 사라진 채.

아까 저녁을 들면서 전이 제안했다. 마지막 밤이니, 함께 술이나 좀 하자고. 호텔을 들어설 때, 너무 비싼 곳 아니냐고 내가 마다하자, 그는 오늘밤은 특별한 밤이니 조용하지만 기억에 남을 만한 술자리를 갖는 것도 좋지 않느냐면서 굳이 이곳으로 데려왔다. 비용이야 회사에서 부담하니 너무 마음을 쓰지 말라면서.

오늘 그는 내 기분에 유난히 신경을 많이 썼다. 물론 그는 거래와 관련된 일들에선 완벽하게 직업적이었고 거래가 잘 진행되도록 늘 나에게 마음을 썼다. 그래도 오늘은 여느 때보다 훨씬 더 내 기분을 살폈다. 수술을 앞둔 밤이니, 엄청난 심적 압박을 받은 내가 무슨 어리석은 짓을 할까 그가 걱정하는 것은 당연했다. 낮에 우리는 해주에 가서 수술 뒤에 내가 살 곳을 둘러보았다. 그가 해놓은 준비는 기대보다 나았다. 바닷가에 외따로 선 집이었는데, 노인이 혼자 문득 나타나서 살아도, 관심을 끌 만한 곳이 아니었다.

나로선 그의 제안이 고마웠다. 나 혼자 마지막 밤을 지내는 것은 꽤나 괴로울 것 같았다. 내 몸을 잃고 낯설고 늙은 몸을 물려받는다는 사실만 밤새 생각할 터였다. 그리고 지금 내 처지에선 이 밤을 함께 보낼 사람으로 그보다 나은 사람을 생각해낼 수 없었다. 그는 점잖고 적어도 겉으로는 나를 경멸하지 않았고 모든 일에서 완벽하게 직업적이었다. 무엇보다도, 그는 내 처지를 잘 알았다. 어떤 면에서 나보다도 나에 대해서 잘 알았다. 지금 나로선 나의 절박한 처지를 모르는 사람과 함께 웃고 떠드는 것은 괴로울 수밖에 없었다.

그가 잔의 맥주를 비우고 병에 남은 맥주를 잔에 따르더니, 종업원에게 손짓했다.

나는 나오는 하품을 급히 손으로 가렸다. 피곤하고 졸렸다. 육신교환 계약서에 서명한 뒤로는 잠을 제대로 자지 못했다. 낮에는 괜찮았는데, 잠자리에 들면, 갑자기 가슴이 무슨 무거운 것에 눌린 듯 숨을 쉬기 어려웠다. 그럴 때마다 다시 일어나 숨을 깊이 쉬면서 숨이 막힐 것만 같은 느낌을 가라앉히려 애썼다. 짧은 잠을 자고 새벽에 깨면, 온몸이 진땀으로 젖어 있었다. 내 의식은 애써 무시했지만, 내 몸과 무의식은 알고 있었다──내 뇌와 몸의 나머지 부분이 서로 갈라지리라는 무서운 진실을, 윤세인이라는 존재는 사라지리라는 절망적 상황을, 죽음은 아니지만 죽음과 아주 비슷하리라는 절벽 같은 운명을.

종업원에게 맥주 두 병과 과일 한 접시를 시키고 나서, 그가 나직하나 힘이 들어간 목소리로 말했다. "윤 선생님, 윤 선생님은 조용한 영웅 타입이십네다."

좀 뜻밖의 얘기라, 나는 잠시 그의 뜻을 따져보았다. "칭찬 같은데요."

내 미소를 그가 밝은 웃음으로 받았다. "물론 칭찬으로 한 니야기입네다."

"제가 영웅 타입인가요?"

"윤 선생님은 자기연민을 전혀 보이지 않습네다. 이 세상에 자기연민에 빠딜 권리가 있는 사람이 있다문, 윤 선생님이 바로 그 사람일 것입네다." 그가 손가락으로 나를 가리켰다. "대학 일 학년 때 체포되어 중국에서 이십오 년 동안 강제 노동을 했습네다. 죄목은 '반중 활동'이었디요. 다른 말로는 애국행위였디요. 그런데 지금 윤 선생님은 딸에게 지참금을 마련해주려고 몸을 팔게 되었습네다. 제가 윤 선생님 처지에 있다문, 저는 분노로 미치고 자기연민에 빠져서……" 그는 고개를 젓더니, 맥주잔을 들어 벌컥벌컥 마셨다.

어쩐지 마음이 좀 편치 않았다. 나는 오징어 조각을 집어 고추장을 잔뜩 찍어서 씹기 시작했다. "자기연민을 보이는 사람들이 많습네까?"

"물론 많디요." 그가 힘주어 고개를 끄덕였다. "누군들 그렇디 않갔습네까? 돈 받고 자기 인생에서 가장 좋은 시절을 포기했다는 사실과 막상 대면하문, 누군들 억울하디 않갔습네까? 모두 원망하디요, 다른 사람들을. 부모 잘못 만나서 그렇다고. 형제가 도와주디 않아서 그렇다고. 세상이 잘못되었다고. 자기 자신을 가여워하면서 울디요."

"막상 자기 몸을 잃게 되문, 그런 반응이 나올 수도 있갔네요."

"어떤 사람들은 갑자기 공황에 빠져 통제할 수 없게 되기도 합네다. 계약을 해지하갔다고 나오는 사람들도 있습네다. 속았다는 것이디요. 심지어 마지막 순간에 수술실에 들어가디 못하갔다고 버티는 사람들까지 있습네다. 육신교환이란 것, 이거 정말로 잔인한 사업입네다." 길게 한숨을 쉬더니, 그가 좀 겸연쩍은 웃음을 내게 보이면서 잔을 들었다.

나로선 그가 그동안 쌓였던 울분을 토해내는 것처럼 느껴졌다. 무엇에 대한 울분? 그의 직업에 대한? 자신들이 자발적으로 서명한 계약서에 담긴 현실을 마지막 순간에 부정하는 철딱서니 없는 고객들에 대한? 절망적 상황으로 몰린 조선 젊은이들의 몸을 돈 많은 중국 늙은이들이 사 가도록 돕는다는 사실에 대한? 아니면, 이 세상의 더럽고 치사한 질서에 대한?

그런 생각이 입안에 남긴 야릇한 뒷맛을 쌉쌀한 맥주가 씻어내리는 것을 느끼면서, 나는 흘긋 그의 얼굴을 살폈다. 그는 여전히 심각한 얼굴로 탁자를 내려다보고 있었다.

문득 이 자리의 아이러니가 떠올랐다. 지금 울분을 토해낼 사람은 나였다. 그리고 그 울분을 달래줄 사람은 그였다. 역할이 묘하게 바뀐 것이었다.

기분이 한결 나아져서, 나는 느긋하게 물었다. "고객이 그렇게 마지막 순간에 계약을 거부하문, 회사에선 어드케 합네까?"

"그런 일을 처리하는 직원들이 따로 있습네다. 회사로선 타협의 여지가 전혀 없습네다." 그가 진지하게 설명했다. "선불금은 이미 지급되었고 고객은 그 돈을 써버렸디요. 회사는 중국인 고객과 이미 계약했디요. 계약을 변경하거나 달리 무엇을 조정하거나 할 상황이 아니거든요. 우리는 고객들을 위해서 최선을 다합니다만, 한번 계약이 성립된 뒤엔 우리가 할 수 있는 일은 없습네다."

"그렇갔네요. 중국인 고객들은 어떤 사람들입네까?"

"온갖 사람들이 다 있디요. 선량한 사람들은 아니디요." 잠시 생각을 가다듬은 뒤, 그가 말을 이었다. "가장 중요한 고객들은 자신의 정체를 숨기려는 사람들이요. 범죄자, 도망자, 첩자──그런 사람들이요. 그런 사람들에겐 육신교환은 완벽한 선택이요. 안면성형과는 비교가 되디 않게 돟은 선택이요. 지문으로도 홍채로도 인식이 되디 않고, 젊은 몸을 보너스로 얻고."

"니야기가 되네요. 그런 사람들에겐 정말로 완벽한 도피처네요."

종업원이 맥주병과 안주 접시를 가져왔다.

전이 슬쩍 둘레를 살폈다. 나도 거의 본능적으로 따라서 술집 안을 살폈다. 늘 말조심하면서 살아온 조선 사람들에겐 습관이 된 행동이었다. 특별히 우리에게 관심을 보이는 사람은 보이지 않았다.

"정체를 숨기는 데 육신교환이 그렇게 완벽한 수단이니끼니, 범죄 조직들이 이 사업에 관심이 많디요. 육신교환 수술을 하는 병원을 소유하면, 편리하고 돈도 벌잖갔어요?"

"그렇갔네요."

그가 다시 슬쩍 둘레를 살폈다. "실은 우리 회사도 중국의 범죄 조직이 자본을 댔다고 합네다. 회사의 대주주는 범죄 조직에 속한 조선 사람인데, 그 사람이 실제로 자본을 댄 것은 아니고 그 사람을 콘트롤하는 중국 범죄 조직이 돈을 댔다고 합네다."

"아, 네." 그의 말씨에 부끄러움이 어린 것을 느끼고, 나는 힘주어 고개를 끄덕였다. 나는 그가 나를 믿고 그처럼 예민한 정보를 알려주는 것이 고마웠다. 그러나 그의 얘기가 놀라운 것은 아니었다. 조선의 범죄 조직들을 훨씬 거대하고 강력한 중국 범죄 조직들이 통제한다는 것은 이미 내가 대학에 다닐 때부터 널리 알려진 사실이었다. 법적으로 애매하고 큰 자본이 드는 데다가 조선과 중국에 든든한 후원자들을 가져야 할 수 있는 이 새로운 사업은 자연스럽게 거대한 중국 범죄 조직이 장악했을 터였다.

더운 술기운이 머리로 올라오는 느낌이 들었다. 토마토 조각을 씹으면서, 나는 이 새로운 정보가 내게 지닌 뜻을 생각했다. 중국 범죄 조직이 인민복지병원의 대주주라는 사실은 물론 음산했다. 그러나 그 사실은 오히려 그 병원이 믿을 만하다는 얘기일 수도 있었다. 중국 범죄 조직은 영구적 조직이므로, 그 조직의 우두머리들은 병원을 운영하는 조선인 부하들이 불쌍한 고객들을 속여서 자기 조직의 장기적 이익을 해치도록 내버려 두지는 않을 것 같았다.

사내 셋이 중국어로 얘기하면서 지나갔다. 그들은 술집을 자기들이 소유한 것처럼 자신감을 내뿜었다. 지배인으로 보이는 사내가 공손하게 그들을 술집 안쪽으로 안내했다. 그 중국인들이 옆 벽으로 사라졌다. 지배인이 급히 그들을 따랐다. 그때야 나는 그쪽에 방들이, 중요한 고객들이 호젓하게 얘기할 수 있는 방들이, 있다는 것을 깨달았다.

"다른 고객들은요? 그 사람들도 중국 사람들입네까?" 나는 화제의 끈을 조심스럽게 집어 들었다.

"네. 제가 아는 한 조선 사람이 우리 병원에서 시술 받은 경우는 몇 안 됩네다."

나는 그 조선 사람들에 대해 묻고 싶은 충동을 눌렀다. 무척 흥미로웠지만, 그런 정보는 매우 위험하고 나에게 별 도움이 되지 않았다. 저번에 그가 얘기한 대로, 전체주의 사회에서 호기심은 위험한 사치였다. "중국인 고객들은 그저 젊은 몸을 갖고 싶은 사람들이 많디요?"

"아무래도 그렇디요. 돈이 많으니끼니, 돈으로 살 수 있는 것들을 다 사서 즐기고 싶어 하는 사람들이디요. 가만히 보문, 그 사람들의 막대한 재산이 젊은 몸을 찾도록 만듭네다. 늙은 몸 자체가 문제가 아니라." 내가 자신의 말뜻을 제대로 알아듣지 못한 것을 보자, 그는 설명을 덧붙였다. "그 사람들은 엄청난 재산을 가뎠디만, 그 재산을 다음 세상으로 가뎌갈 수는 없잖습네까? 그래서 이 세상에서 실컷 쓰고 실컷 즐기고 싶은 마음이 들디 않갔습네까? 하디만, 늙은 몸으로는 그렇게 즐길 수가 없디요. 특히 육체적 욕망을 채울 수가 없디요."

"아, 알갔습네다. 죽기 전에 재산을 다 쓰면서 즐기고 싶은데, 늙은 몸으로는 그게 안 된다, 그런 니야기 아닙네까?"

"맞습네다. 그들은 평생 재산을 모으느라 애썼디요. 그런데 그 귀한 재산을 정작 자기는 쓰디 못하고 자기가 죽은 뒤에 다

른 사람들이 다 쓰게 된다문, 얼마나 억울하겠습네까? 그래서
늙은 몸을 젊은 몸으로 바꾸고 온갖 향락을 누리겠다는 생각이
디요. 만일 그 사람들이 달리 재산을 쓸 길을 찾았다문, 예를
들어 자선사업과 같은 좋은 일에 돈을 쓴다든가 하는 식으로,
그 사람들이 굳이 몸을 바꾸려 들디 않을 것 같다는 생각도 듭
네다. 가만히 보문, 육신교환 수술을 하는 사람들 가운데 이름
난 공인은, 무슨 예술가나 정치가나, 그런 사람은 없습데다."

그가 한 얘기를 곰곰 생각해보았다. 실은 그의 얘기 자체보
다 그가 그런 얘기를 한다는 것이 흥미로웠다. 우리는 안 지
얼마 되지 않았고, 그나마 순전히 사업적으로 만난 터였다. 물
론 내가 돈을 받고 몸을 판다는 특수한 거래였지만, 그래서 중
개인인 그가 내 일에 깊이 간여하게 되어 가까워지긴 했지만,
그래도 거래는 거래였다. 그가 오늘 저녁에 내게 한 얘기들은
그런 사이에선 나오기 어려운 것들이었다. 나는 그가 자신의
참모습을 내게 보여주고 싶어 한다는 느낌을 받았고 그가 그런
마음이 들게 된 과정이 흥미로웠다.

이 자리의 우스꽝스러움이 다시 내 마음을 간질거렸다──내
일 갑자기 늙은이가 될 수술을 받으려고 입원할 사람이 그 일
을 성사시킨 중개인의 성격과 심리에 한가로운 관심을 보이고
있었다. 속이 빈 웃음이 나왔다.

잔을 입에 가져가다 말고서, 그가 나를 날카롭게 쳐다보았다.

"비희극적 니야기네요── 온갖 못된 짓들을 하면서 큰 재산을

모은 사람이 자신의 몸이 늙어서 그 돈으로 살 수 있는 갖가지 즐거움들을 제대로 누리지 못하게 된 것 말입네다." 나는 내 웃음에 대한 설명 삼아 말했다. "내 처지에서 그런 니야기를 하는 것이 우습기도 하디만."

"맞습네다. 아주 적절한 표현입네다— 비희극적." 그가 웃음을 지어 보이고서 잔을 비웠다.

"전 선생님 말씀을 듣다 보니끼니," 나는 그의 잔에 맥주를 따랐다. "전 선생님께선 늙은 사람이 젊은 사람의 몸을 얻는 것에 대해 뭐라고 할까 좀 회의적이라고 할까 그런 생각을 갖고 계신 것 같은데…… 맞네까?"

생각에 잠긴 얼굴로 잔의 거품이 삭는 것을 바라보면서, 그가 천천히 고개를 끄덕였다.

"그러문," 나는 조심스럽게 말을 골랐다. "전 선생님께선 나중에 젊은 몸을 얻을 만큼 경제적 여유가 생겨도, 그렇게 하디 않으실 생각이십네까?"

"큰돈을 벌문, 사람이 바뀐다고 하디요. 어떤 중국 코미디언이 그랬디요, 절대적 부는 사람을 절대적으로 바꾼다고? 제게 그런 돈을 만질 날이야 안 오갔디만, 그래도 지금 딱 잘라서 한다 안 한다 할 수는 없습네다. 확실한 것은 설령 제가 육신 교환 수술을 받더라도, 내 늙은 몸과 헤어지는 것이 아주 슬프리라는 것이디요." 그가 잠시 말을 찾았다. "늙은 마누라하고 헤어지는 것처럼."

"아, 네. 그런데, 전 선생님, 이상한 건 사람들이, 물론 저도 포함해서요, 뇌에다 그렇게 큰 의미를 둔다는 것입네다. 어저께 문득 깨달았는데요, 저는 처음부터 제가 제 뇌와 함께 갈 것이라고 여겼습네다. 뇌를 뺀 나머지 육신은 윤세인이라는 인간의 정체성에서 별다른 중요성을 지니디 못하는 것처럼. 생각할수록 이상하다는 생각이 들었습네다. 따디고 보믄, 뇌는 사람의 몸에서 아주 작은 부분 아닙네까?"

"뇌는 남자 성인이 일천사백 그램 정도 나가고 여자 성인이 일천삼백 그램 정도 나갑네다. 뇌의 무게는 몸 전체 무게의 이 퍼센트가량 되디요."

"네. 그 정도로 작디요. 그런데도 저는 제 정체성이 뇌와 함께 가고 나머지 구십팔 퍼센트의 몸은 다른 길로 간다고 생각하는 것이디요. 그래서 저 자신에게 물었습네다—나는 누구인가?"

그가 이해한다는 웃음을 지으면서 고개를 끄덕였다. "그렇습니다. 생각하문, 이상하디요. 우리 고객들은 모두 자신의 정체성이 뇌를 따라간다고 믿습네다. 분리된 몸이나 새로 얻은 몸에 있다고 믿는 사람은 없디요."

"왜 그런가요? 전 선생님께선 이 사업을 오래 하셨고 전문가들 니야기도 많이 들으셨을 텐데요."

"뇌가 기억이 있는 곳이라 그렇다. 의사들은 그럽네다. 사람은 누구나 독특한 자아를 의식합네다. 나는 나고 다른 사람이 아니라는 것을 늘 의식하디요."

나는 열심히 고개를 끄덕였다.

"그런 자아 의식은 기억 덕분에 가능합네다. 기억이 있으니
끼니, 어저께 산 사람이 오늘 사는 사람과 동일인이라는 것을,
어렸을 적의 아이가 지금의 나와 같은 사람이라는 것을, 알 수
있는 것이디요. 기억이 없다문, 우리의 경험들은 산만한 조각
들에 지나디 않갔디요. 그러문 우리가 우리의 일생이라고 부르
는 긴 니야기를 엮어낼 수 없다, 그런 니야기디요."

찬찬히 그의 얘기를 따라가보니, 그럴듯했다. "그러니끼니,
기억이 자아 의식을 가능하게 한다, 그래서 기억이 존재하는
곳인 뇌는 자아 의식에 결정적으로 중요한 부분이다, 그래서
사람들은 뇌와 나머지 육신이 분리되었을 때 자신의 정체성은
뇌를 따라간다고 믿는다, 그런 니야긴가요?"

그가 싱긋 웃으면서 고개를 끄덕였다. "네. 그런 니야깁네
다. 바로 그 사실 때문에 제가 늙어도 제 몸을 젊은 몸과 바꾸
고 싶디 않다고 생각하는 것입네다."

그의 말뜻을 제대로 알아듣디 못했지만, 나는 묻기도 뭣해서
맥주잔을 집어 들었다.

"우리 기억들은 뇌에 저장되지만, 그것들은 모두 우리 몸을
통해서, 우리 감각 기관들을 통해서, 얻어진 것들입네다. 뇌
스스로 만들어낸 것들이 아니디요. 그리고 가장 선명한 기억들
은 우리 몸이 직접 경험한 것의 기억이디요. 만일 우리가, 그

러니끼니, 우리 뇌가, 우리 몸으로부터 분리된다면, 우리 몸을 통해서 얻은 그 기억들은 훼손될 것입네다. 훨씬 추상적인 존재가 된다거나 뭐 그런 식으로 희미해디거나. 제 말 알아들으시갔습네까?"

"알아들은 것 같습네다."

우리는 웃고서 잔을 들어 부딪쳤다.

"윤 선생님, 고문을 받아보신 적이 있으신가요?"

나는 잠시 머뭇거렸다. "고문이라고 할 만한 것은…… 체포되었을 때, 심하게 얻어맞고 기절한 적도 있습네다만, 고문이라고 할 만한 것은 아니었습네다. 어리다고 좀 봐준 셈이디요."

"고문받은 기억은 결코 지워디디 않습네다." 그가 단호하게 말했다. "그 끔찍한 기억은 세월이 많이 흘러도 여전히 선명하게 살아 있습네다. 저는 지금도 어떤 전기 기구들은 만디디 못합네다. 만일 고문을 받은 제 몸이 그 고문의 기억들을 지닌 제 뇌와 분리된다문, 제가 받았던 고문의 기억들은 그 의미를, 뭐 의미가 아니라문 끔찍함이라고 할까요, 좀 잃을 것이 아닌가, 하는 생각이 듭네다. 저는 그 끔찍한 기억을 잊고 싶었습네다. 그래서 치료도 받았디요. 다른 편으로는, 그 기억도 내 삶의 일부다, 그 기억이 지워디문 내 삶의 한 부분이 사라딘다, 하는 생각도 듭네다. 곧 수술 받으실 윤 선생님 앞에서 이런 니야기를 하는 것이 죄송스럽습니다만, 저는 그냥 사는 것이

낫디 않나, 그런 생각입네다. 그게 솔직한 니야깁네다."

"네. 잘 알갔습네다." 마음이 뜻밖에도 가벼웠다. 슬픔이야 늘 내 마음에 홍건히 배어 있었지만, 이제는 철학적 성찰을 좀 더 조리 있게 할 수 있을 것 같았다. 그리고 생산적인 방식으로. 나에겐 기억이나 자아나 정체성과 같은 추상적 주제들이 문득 가장 실제적인 문제들이 되었다.

"의사들은 우리가 그렇게 뇌에 집착하는 것이 건강하디 못하다고 합네다." 맥주를 마시고 키위 한 조각을 집으면서, 그가 말했다. "어떤 의사들은 변태라고까지 했습네다."

"변태요?"

"네."

"의사들이 왜 그렇게 생각하나요?"

"그 사람들 니야기는 모든 유기체들은 생식을 위해 이 세상에 태어났다는 것이디요. 우리가 이 세상에 태어난 것은 우리가 행복하기 위해서도 아니고 무슨 가치 있는 일을 하기 위한 것도 아니다, 궁극적으로는 자식들을 낳아 길러서 대를 잇는 것이 중요하다, 우리가 가치 있다고 여기는 일들도 따디고 보문 자식들을 많이 낳아 잘 길러서 대를 잇게 하는 데 도움이 되니끼니 가치가 있다, 그런 니야기디요."

나의 반응을 살피더니, 그가 말을 이었다, "그리고 그렇게 자식들을 낳아서 기르는 것은 자신의 몸에 든 유전자들을 퍼뜨리기 위한 것이다, 사람과 같은 유기체들은 그저 유전자들을 다음 세대로 나르는 임무를 지닌 존재에 지나다 않는다, 정말로 중요한 존재는 유전자들이다, 그런 니야기를 하디요."

"저도 그런 니야기를 책에서 읽었습네다. 맞는 니야기갔디만, 그래도……"

"하여튼, 그렇게 자식을 많이 낳아 자신의 유전자를 널리 퍼뜨리는 것이 중요하다문, 우리 몸에서 그런 기능을 지닌 부분이 가장 본질적인 부분 아니갔습네까? 그런 부분은 성세포들을 만들고 퍼뜨리는 기관들이디요. 뇌가 아니디요. 그러나 사람은 뇌를 제일 중요하게 여기디요. 그리고 뇌가 만들어내는 것들을, 문화다 예술이다 과학이다 종교다, 그런 것들을 정말로 가치가 있다고 높이디요. 로봇 의사들은 그런 태도가 자연스럽디 못하다 생각하고서 변태라고 하는 것이디요."

"로봇 의사들이요?"

"네."

"로봇 의사들의 논리엔 흠잡을 데가 없는 것 같습네다. 그래도 내 뇌가 없는 몸이 나를, 나의 정체성을, 윤세인이라는 인간을 대표한다는 생각은 들디 않는데요. 머리에 뇌가 없는 몸이 나다——그건 아무래도 이상한데요."

그가 싱긋 웃었다. "저도 그렇습네다. 바로 그 점에서 의사들도 의견이 갈립네다. 인간 의사들은 뇌에 너무 집착하는 것은 자연스럽디 못하디만, 그래도 뇌와 나머지 몸 가운데 하나를 선택해라 하문, 뇌를 선택합네다. 자신의 정체성은 뇌와 함께한다, 그런 니야기디요. 그러나 로봇 의사들은 성세포들을 생산하는 생식 기관들이 한 사람의 정체성을 대표한다고 보디요."

"그거 재미있는 니야긴데요."

"네. 의사들이 논쟁하는 것을 보문, 재미있습네다. 여기 무슨 사고로 몸이 둘로 절단된 사람이 있습네다. 뇌하고 나머지 몸으로 분리되었디요. 의사들이 급히 생명 보존 장치 속에 두 부분을 따로 넣었습네다. 그래서 사이보그가 둘 생겨났습네다. 인공 몸속에 사람의 뇌가 들어간 사이보그하고 사람 몸에 인공 두뇌가 들어간 사이보그하고. 윤 선생님, 어느 쪽이 원래의 사람을 대표한다고 생각하십네까?"

나는 잠시 생각해보았다. "역시 사람 뇌를 가진 쪽이 원래의 사람을 대표하는 것 같습네다."

"그러문 그 두 사이보그들이 인간 배우자를 만나서 같이 살게 되었다고 상상해봅세다. 여자든 남자든 같습네다. 사람 뇌를 가진 사이보그는 아이를 낳을 수 없습네다. 사람 몸을 가진 사이보그는 아이를 낳을 수 있디요. 세월이 지나문, 그 사람은 자식, 손주, 증손주로 대가 이어질 것입네다. 뇌가 없는 사이보그를 통해서 자식들이 나왔다는 사실은 전혀 영향을 미치디 않디요. 이것은 물론 극단적인 경우디만, 논쟁의 본질을 잘 드러내디요."

"그렇네요."

"이 사고 실험은 로봇 의사들이 내놓은 것인데, 인간 의사들이 반론을 제대로 펴디 못했디요."

"아, 그렇습네까? 인간 의사들이 인정했습네까, 로봇 의사들의 주장이 맞다고?"

"윤 선생님, 자기가 틀렸다고 인정할 의사가 세상 어디에 있갔습네까? 그것도 로봇 의사헌테 졌다고."

나는 소리 내어 웃었다. "로봇 의사들 주장대로, 자식을 낳을 수 있는 사이보그 쪽에 대표권을 부여해야 할 것 같네요. 아까 말씀하신 대로, 우리는 자식들을 많이 낳아서 잘 기를 책임을 안고 이 세상에 태어났으니까요."

그가 잔을 들고 진지하게 말했다, "우리 자식들을 위하여!"

나도 잔을 들어 그의 잔에 부딪쳤다. "우리 자식들을 위하여!" 내 처지가 처지인지라, 목소리가 탁하게 나왔다.

"그 점에 관해서 인간 의사들과 로봇 의사들이 의견이 갈리는 것이 흥미롭습니다." 그에게서 병을 받아 그의 잔에 맥주를 채우면서, 내가 지적했다. "로봇 의사는 순수하게 정신적인 존재 아닙네까? 몸이야 쇠로 됐건 플라스틱으로 만들어졌건 별 의미가 없디요. 그런 정신적 존재가 사람의 몸을, 뇌가 아니라 몸을, 그렇게 중요하게 여긴다는 것이 뜻밖입네다."

그가 껄껄 웃었다. "윤 선생님, 우리 인민복지병원의 '뇌―육신 대논쟁'에서 가장 재미있는 부분을 윤 선생님께서 방금 짚으셨습네다. 바로 그 점을 놓고 재미있는 농담들이 많이 생겼습네다." 그가 축하한다는 뜻으로 잔을 들었다.

나도 즐겁게 잔을 들었다. 그리고 맛있게 마셨다. 마음이 즐거운 것은 물론 아니었다. 마음이야 슬픔과 불안이 늘 짙게 배어 있었다. 그리고 그 아래 깊은 곳에 시뻘건 무엇이, 분노랄까 억울함이랄까 아직 모습을 제대로 갖추지 못한 무슨 뜨거운 기운이, 묵직하게 자리 잡고 있었다. 나는 그것에 자꾸 마음이 쓰였다. 그래도 이렇게 육신교환 수술에 담긴 철학적 함의들을 터놓고 얘기하다 보니, 마음이 적잖이 가라앉았고 가슴 밑바닥의 뜨거운 기운도 더 깊은 곳으로 내려가는 듯했다. 나로선 그것이 고마웠다. 오늘 밤을 무사히 넘기고 싶었다. 술을 많이 마시고 꿈도 꾸지 않는 잠을 푹 자고 싶었다.

"전 선생님, 선생님처럼 이런 사업에 오래 종사하시다 보문, 특별한 경험도 많이 하시게 되고 세상일에 대한 통찰도 얻으실 것 같습네다. 이제 제 일은 마지막 단계에 와 있는데, 그런 경험과 통찰에서 나온 조언을 제게 해주셨으면 합네다."

그가 고개 들어 먼 곳을 바라보았다. 술을 많이 들었는데도, 그는 술에 취한 기색이 없었다.

"조언이라고 할 만한 것은 없습네다. 윤 선생님께서 이왕 말씀을 꺼내셨으니끼니, 제 생각을 하나만 말씀드리갔습네다." 내 눈을 보면서, 그가 진지하게 말했다. "윤 선생님의 상담자로서 제가 드릴 수 있는 직업적 조언은 우리 회사와 병원을 믿으시라는 것입네다. 수술을 받을 날짜가 다가오문, 고객들은 당연히 극심한 스트레스를 받습네다. 그래서 많은 분들이 무너집네다. 지식이 많고 심리적으로 안정된 것처럼 보이는 분들까지도 무너디는 경우가 생각보다 흔합니다."

나도 모르게 열심히 고개를 끄덕이는 나를 발견하고, 나는 속으로 쓴웃음을 지었다. 어쩌면 무너지는 것은, 집이든 사람이든 같을지도 몰랐다. 멀쩡해 보이는 집이 무너지듯, 사람도 느닷없이 무너지곤 했다. 나는 자신을 믿는 편이었지만, 지금은 그런 믿음이 적잖이 흔들렸다. 다행히, 가슴 밑바닥의 그 눈먼 기운으로부터는 열기가 전해오지 않았다.

"그렇게 무너디문, 편집병 환자처럼 행동하게 됩네다. 수술과 관련된 모든 것들을 의심하고 일마다 자신을 속이고 몸만 빼앗으려는 음모로 보디요. 그래서 우리 회사나 병원 사람들의 말을 따르디 않고 사사건건 말썽을 부리디요."

공포 영화에서 흔히 보는 장면이 떠올랐다. 철통 같은 병원에 갇혀 사악한 의사들에 의해 희생되는 환자가 병원을 탈출하려고 절망적으로 애쓰는 모습이 선연히 떠올랐다. 문득 가슴이 답답해져서, 몸을 펴고 숨을 깊이 쉬었다.

"그런 행동은 전혀 도움이 안 됩네다. 일만 어렵게 만들고 병원 스태프들이 수술에 전념하는 것을 방해합네다. 윤 선생님." 그가 문득 심각한 눈길로 나를 보면서, 몸을 앞으로 숙였다.

"네."

"윤 선생님, 제가 여러 번 말씀드린 것처럼, 윤 선생님의 이

익과 우리 회사의 이익은 거의 일치합네다. 우리 회사나 병원이나 영속하는 조직들입네다. 당연히, 다른 사업들처럼, 고객들을 만족시키는 것이 유일한 생존 전략입네다. 고객들이 불평하게 되믄, 어느 사업이든 오래가디 못하디요? 이 사업은 정말로 오래 못 갑네다. 이 사업이 법의 사각지대에 있다는 사실을 말씀드렸잖습네까? 무슨 말썽이 나서 당국이 조사에 나서게 되믄, 우리는 영업에 큰 지장을 받게 됩네다. 그런 사정이 우리 회사나 병원이 최선을 다해서 윤 선생님을 돌보리라는 보장인 셈이디요. 윤 선생님은 지금까지 저와 회사를 믿고 잘 해주셨습네다. 앞으로도 믿어주십시오."

"잘 알갔습네다. 전 선생님 말씀대로 따르갔습네다."

"고맙습네다. 그리고," 그가 눈에 웃음을 담고 나를 살폈다. "재교육 과정의 동료로서 한 가지만 더 말씀드리갔습네다."

나도 웃음을 띠고 고개를 끄덕였다.

"수술이 끝나믄, 윤 선생님은 새로운 처지에 놓이십네다. 그 처지를 그대로 받아들이시라고 말씀드리고 싶습네다. 육신교환 수술의 충격은 당연히 크고 대처하기가 쉽디 않습네다. 육체적 충격은 예상할 수 있고 차츰 가라앉습네다. 그러나 심리적 충격은 보이는 것도 아니고 환자 혼자 견뎌내야 하기 때문에, 대처하기가 정말로 어렵습네다. 환자들은 크든 작든 심리적 충격을 받습네다. 방향 감각이 혼란스러워디고 우울증 증세를 보이는 경우가 많습네다. 그리고 수술 뒤 바로 죽는 분들도 더러 생깁네다."

"그렇습네까? 무슨 원인으로 죽나요?"

"특별한 원인이 없이 그냥 시름시름 앓다가…… 살아갈 의지를 잃어서 그런 것 아닌가, 저는 그렇게 보는데. 의사들도 뭐라고 확실한 대답을 못 합네다."

나는 천천히 고개를 끄덕였다. 놀랄 일은 아니었다.

"윤 선생님, 아까 말씀드린 것처럼, 윤 선생님은 조용한 영웅 타입이십네다. 저는 윤 선생님이 새 환경에 잘 적응하시리라 믿습네다. 그래도 심리적 충격은 실제로 존재하는 위험입네다. 미리 마음의 준비를 하시는 것이 좋을 겁네다." 그가 진지한 눈길로 나를 응시했다. "사업을 떠나, 개인적으로도 저는 윤 선생님께서 성공적으로 새 인생에 적응하시는 것을 보고 싶습네다."

제11장

작별

조급한 마음으로 나는 좁은 병실을 서성거렸다. 절망에 그리 멀지 않은 우울이 내 마음을 검은 물결로 덮고 있었다. 입원해서 수술을 기다리는 일은 예상보다 힘들었다. 살 속에 무기력이 고인 듯 힘이 없는 것을 보면, 병원에선 안정제를 처방한 모양이었다. 그러나 수술에 대한 두려움과 추가 금액을 민히에게 보내는 일을 마무리하지 못하고 수술대에 눕는다는 걱정은 내 마음을 휘젓고 있었다.

하루가 지났으니까 병원의 일과가 좀 익숙해질 만도 했지만, 마음은 오히려 혼란스러웠다. 시험과 처방 들은 나를 지치게 했다. 그러나 내 마음을 가장 많이 썩인 것은 돈 문제였다. 내 부탁을 받고, 전세훈은 내 계좌의 동결된 육백만 위안 가운데 오십만 위안이 먼저 인출될 수 있도록 애쓰고 있었다. 수술이 끝난 뒤에 찾도록 동결된 금액을 일찍 찾는 것은 나와 회사 사이의 계약과 회사의 내규에 어긋났다. 그리고 어저께 늦게 전이 나에게 실토했다. 자기로선 최선을 다하겠지만, 전망을 그리 좋지 않다고. 큰 회사니까, 직원들이 모두 관료적으로 움직일 터였다. 그런 조직에서 자기 일도 아닌데, 규정과 계약에서 벗어나는 일을 허가해서 위험을 질 사람이 있을 것 같지 않았다.

'불가능한 것은 불가능한 것이다. 받아들여야 할 것은 받아들여야 한다.' 나는 자신에게 일렀다. 물론 효과는 없었다.

작은 창으로 바람기가 들어왔다. 병실은 이 층에 있었다. 창가로 다가가서 내려다보았다. 건물들 사이의 좁은 뜰을 잡초들이 덮었는데, 한쪽에 무더기로 핀 망초꽃 말고는, 풀꽃은 눈에 뜨이지 않았다. 벌써 유월 중순이었다. 내가 나그추에서 열차를 탄 지 두 달 넘게 지난 것이었다.

당시의 내 심정을 떠올리면서, 나는 지금 여기 내가 서게 된 과정을 되짚어보았다. 많은 결정들로 이루어진 과정이었지만, 바꾸고 싶은 결정은 없었다. 그 많은 결정들이 나름으로 필연적이었거나 합리적이었다. 그래도 나는 무슨 함정에 빠진 듯 답답하고 초조했다.

돌아서서 벽에 걸린 시계를 살폈다. 네 시 십 분이니, 일과 시간은 거의 다 지난 터였다. 너무 실망하지 말자고 자신을 타이르면서, 나는 병실을 무심한 눈길로 훑었다. 환자가 스스로를 해칠 만한 것들을 없애서 그런지, 방 안엔 아무것도 없었다. 한구석에 놓인 작은 책상엔 종교 서적들이 꽂혀 있었다——조선어, 영어, 중국어로 된 성경들, 『논어』 『노자도덕경』 『불교대전』, 그리고 성 아우구스티누스의 『고백』. 한쪽에 톨스토이의 『부활』이 스스로 외톨이임을 의식하는 어린애처럼 따로 놓여 있었다.

거품처럼 마음속에서 물음 하나가 떠올랐다. '만일 내가 종교적 믿음을 가졌다면, 지금 도움이 될까?'

잠시 생각한 뒤, 내게 일어난 일들이 모두 신의 뜻이라고 믿는다면 도움이 되리라고 결론을 내렸다. 이 일에서도 나는 운이 없었다. 운이 없다 없다 해도, 나처럼 운이 없을까——씁쓸하면서도 달콤한 자기연민이 마음속을 채우기 시작했다. 자기연민이 없는 조용한 영웅 타입이라고 한 전세훈의 얘기가 생각나서, 나는 헛웃음을 터뜨렸다.

전화기가 울렸다. "여보세요?"

"아, 윤 선생님, 저 전세훈입니다."

"아, 네, 전 선생님."

"방금 오십만 위안이 동결 해제되었습네다." 흥분을 억누른 목소리로 그가 말했다.

"아, 그렇습네까?" 나도 모르게 목소리가 높아졌다. "전 선생님, 감사합네다."

"송금하시디요."

"알갔습네다. 이번에 전 선생님께 큰 빚을 졌습네다."

그가 클클 웃었다. "그동안 여기 근무하면서 제가 놓았던 빚을 좀 거두어들였습네다. 그리고 동결 해제된 돈에 대해선 제가 개인적으로 담보를 섰습네다."

"아, 그렇게까지 하셨습네까? 어드케 전 선생님의 친절에 보답해야 할디 모르갔습네다."

"우리 회사가 그동안에 상당히 관료적이 되었습네다. 저도 놀랐습네다. 초창기엔 안 그랬는데, 새로 들어온 사람들이 영······ 그럼 송금하시디요. 내일 뵙디요."

"아, 네. 전 선생님, 감사합네다. 내일 뵙갔습네다."

나는 바로 민히에게 오십만 위안을 송금하는 절차를 밟았다. 송금이 완료되었음을 확인하는 메시지가 뜨자, 그녀에게 전화를 걸었다.

"여보세요?"

나는 잠시 그녀 목소리를 음미했다. 그녀 목소리를 들으면, 내 살 속으로 저릿한 기쁨이 흘렀다. 스물다섯 해 전이나 지금이나.

"여보세요?"

"나요, 누님," 이제 그녀 목소리도 듣기 어렵다는 슬픔의 물결이 즐거움의 물결을 덮는 것을 느끼면서, 나는 서둘러 대꾸했다.

"아, 저그나. 잘 지내?"

"네. 누님도 별일 없디요?"

"응. 다 잘 있어."

"신지 결혼식 준비는 잘 되어가디요?"

"기럼. 저그나가 준 돈이 많아서, 우리 신지 결혼식은 아주 고급으로 하갔어. 그러다 보니, 할 일이 너무 많아. 정신 없을 지경이야."

그녀의 활기찬 목소리가 내 마음을 환하게 비췄다. 내 마음을 덮은 검은 안개가 문득 사라지는 듯한 느낌이었다. "잘되었네요."

"아, 그리고 결혼식 날짜가 바뀌었어."

"그래요? 왜요?"

"이왕이문 좋은 곳에서 결혼식을 올리자 해서. 그래서 새로 지은 웨딩홀에서 식을 올리기로 했디. 그러다 보니, 날짜가 바뀌었어. 내가 결혼식 날짜하고 장소를 보낼게."

"네, 누님. 신지는 어때요?"

"개야 지금 하늘을 날디. 너무 행복하다는 소리를 입에 달고 살아서, 내레 주의를 준다니까. 저그나, 언제 함흥에 내려올 거야?"

아픔이 가슴을 움켜쥐었다. 나는 신지의 결혼식에 갈 수 없었다. 내 딸과 함께 결혼식장에 들어가서 녀석의 배필에게 넘겨줄 수 없었다. 이제 영원히 내 딸 앞에, 그리고 녀석을 낳은 내 연인 앞에 나타날 수 없는 것이었다.

나는 마음을 다잡았다. "누님, 잘 들으시라요."

"무슨 일 있어?"

"방금 누님 계좌로 오십만 위안을 송금했어요."

"왜? 저그나, 우리는 이미 돈이 충분해. 신지 결혼에 쓰고도 남아."

"오십만 위안에서 사십만 위안은 인석이하고 인준이 몫입네다."

"인석이하고 인준이?"

"네. 녀석들한테 아무것도 해주디 못해서 마음이 걸렸습네다. 누님 자식들이고 신지 동생들인데."

그녀가 잠시 말이 없었다. "저그나, 고마워. 그렇게까지 생각해주니. 그렇게까지 안 해주어도 되는데."

그녀의 탁해진 목소리가 내 마음을 즐겁게 했다. "내레 당연히 해야디요. 누님, 인석이하고 인준이한테 이십만 위안씩 주세요. 그리고 나머지 십만 위안으로는 내 시집을 출판해주시라요. 누님헌테 드린 원고에 시가 이백 편 들었는데, 세 권 정도로 나누어 출판하문 될 겁네다. 자세한 것은 출판사 편집자하고 상의하시라요."

"알갔어. 그런데 저그나한테 무슨 일이 있어?"

"내레 이번에 비밀 임무를 하나 맡았시요. 기래서 내일 몰래 중국으로 들어가야 합네다."

저번에 민히하고 신지에게 느닷없이 큰돈을 줄 때, 나는 그

돈이 어떻게 나온 돈인지 설명해야 했다. 그래서 내가 정부의 비밀 기관에 들어갔는데, 그동안 중국에서 한 일에 대한 보상으로 그 돈을 받았다고 둘러댔었다.

"기래? 위험하디 않나?"

"비밀 임무니끼니, 위험이 없디야 않갔디요. 그리고 당분간 은 조선에 돌아오디 못할 겁네다. 자세한 니야기는 할 수 없고. 뭐 다른 것들은 누님이 알아서 처리해주시라요."

"알갔어. 저그나, 당분간 조선에 못 돌아온다문…… 내레 지금 열차를 타문, 밤늦게 폐양에 도착할 수 있을 텐데. 저그 나 얼굴이라도 보아야디."

"누님, 그건 어렵습네다. 비밀 임무라 지금 누님한테 니야기 한 것도 지시에 어긋나는 일입네다."

"기레? 기러타문 할 수 없디. 저그나, 몸 조심해. 꼭 무사히 돌아와야 돼. 나하고 신지가 저그나 기다린다는 것 잊디 말어."

"네, 누님. 알갔시요. 누님. 나 누님…… 나 누님 한시도……" 입에서 '사랑'이란 말이 나오지 않았다.

"저그나, 알아. 저그나, 나 저그나 사랑해. 평생 사랑했고 앞으로도 영원히 사랑할 거야."

"네, 누님. 저도……" 문득 목이 메었다. "누님, 안녕히 지내세요."

"잘 다녀와." 그녀 목소리에 울음이 배어 있었다. 그녀는 느끼는지도 몰랐다. 이렇게 헤어지면, 우리가 다시 만나기 어려울지도 모른다는 것을.

"네, 누님."

보지 않는 눈길로 나는 창밖을 내다보았다. 건너편 건물에서 일하는 사람들의 모습이 의미 없는 풍경으로 들어왔다. 가슴 한가운데가 빈 것처럼 느껴졌다. 차가운 물결이 그 빈 가슴의 살을 갉아내고 있었다. 이제 다 끝난 것이었다. 내일 아침 나는 수술실로 들어가서 수술대 위에 누울 것이었다. 그러면 나는 그녀를 만나지도 심지어 전화로 얘기하지도 못할 것이었다. 내 얼굴은 낯선 늙은이의 얼굴일 테고 내 목소리는 귀에 설은 늙은이의 탁한 목소리일 터였다. 이렇게 끝난 것이었다, 스물다섯 해 전 함흥의 대학교 교정에서 시작된 사랑이.

나는 문득 깨달았다, 내가 들여다보고 싶지 않았던 마음속 깊은 구석에 언젠가 민히를 다시 얻을 꿈을 몰래 품고 있었음을. 그녀의 결혼 생활이 행복하기를 진심으로 기원했고 그래서 사랑한다는 말도 차마 입 밖에 내지 못했지만, 현실적으로 내가 그녀를 얻을 기회가 아주 없는 것은 아니었고 내 마음은 그 가능성을 계산하고 있었던 것이었다. 그녀 남편이 죽을 수도 있었고 그녀가 남편과 헤어질 수도 있었다. 그것은 너무도 부끄러워서 속으로도 인정한 적이 없는 희망이었지만, 그것이 내 마음 가장 깊은 곳에 내내 있었음을 부인할 수는 없었다. 이제 그 가능성이 완전히 사라진 것이었다.

잃어버린 사랑의 슬프고도 달콤한 추억들 속으로 빠져드는 마음을 다잡아서, 나는 신지에게 전화했다. 신호가 가도, 녀석은 전화를 받지 않았다. 몇 분 뒤에 다시 전화했다. 역시 신호는 가는데, 녀석은 받지 않았다. 문득 불안해졌다. 지금까지는 내가 전화하면, 녀석은 이내 받았다. 민히에게 전화해서 알아보고 싶은 마음까지 들었다. 만일 신지에게 무슨 일이 생겼다면…… 나는 지금 녀석에게 도움을 줄 처지가 못 되었다. 그리고 내일 아침까지 통화하지 못하면, 영영 녀석과 작별 인사도 못하는 것이었다. 물론 마음 한구석으로는 알았다, 지금 수술을 앞두고 내 마음이 너무 예민해졌다는 것을.

한동안 병실 안을 서성거리다가 다시 전화를 걸려는데, 전화기가 울렸다. 신지였다.

"여보세요?"

"아빠? 아빠가 전화했어요?"

"그래. 잘 디냈니?"

"네. 아빠는요?"

"나도 잘 디낸다. 그래 어떠냐? 결혼식 준비는 잘 되어가니?"

"네, 아빠. 제가 바라는 대로 다 잘 되어가요. 아빠, 고마워요."

녀석의 밝은 목소리가 내 마음을 부드럽게 씻어주면서, 방금 전까지 내 마음 가득했던 걱정들이 말끔히 사라졌다. 대신 영영 헤어져야 한다는 생각이 독한 약물처럼 내 가슴의 살을 부식시키고 있었다. "그래? 다행이다. 네 약혼자도 잘 지내니?"

"네, 아빠. 오늘 아침엔 함께 웨딩 가운을 보러 갔었어요."

"아, 그랬니?"

"거기 있는 가운 중에서 제일 예쁜 걸 골랐어요. 그런데 너무 비싸요. 제가 처음 입는 거래요. 그래서 비싸요."

"그래? 그러문 네가 먼저 입고 나중에 다른 사람이 입는다는 니야기냐?"

"네, 아빠. 제가 먼저 사서 입고 그 상점에 팔아요. 그러면 다른 사람이 좀 싼값에 그것을 사서 입고 다시 상점에 팔고 그래요. 아빠, 정말 예뻐요. 그런 가운 입고 결혼식을 올릴 줄 몰랐어요. 고마워요, 아빠."

우리는 한참 녀석의 결혼에 대해 얘기했다. 행복감에 젖은 녀석의 목소리는 내가 내린 모든 결정들을 정당화해주었다. 그것만으로도 만족할 수 있다고 나는 스스로에게 일렀다. 그래도 내가 참석할 수 없는 딸의 결혼식에 대해 화사한 꿈을 꾸는 딸과 얘기하는 것은 아름답고도 슬픈 동화 속의 일처럼 느껴졌다.

"알았다, 신지야. 그렇게 해라. 하고 싶은 것이 또 생기문, 엄마헌테 니야기하거라."

"네, 아빠."

"그런데 네게 할 니야기가 하나 있다. 신지야, 잘 들어라."

"네, 아빠. 뭔데요?" 제 행복 속에 파묻혀서, 녀석은 걱정하는 기색이 조금도 없었다. 이내 불안해하던 제 엄마와 달랐다.

나는 녀석이 오래오래 그렇게 걱정 없이 살기를 마음속으로 빌었다. "아빠는 오늘 비밀 임무를 부여받았다. 그래서 내일 일찍 중국으로 들어가야 한다. 무슨 니야긴디 알갔니?"

"네, 아빠." 녀석은 깊은 인상을 받은 듯했다. "비밀 임무면, 위험한 거예요?"

"기래, 좀 위험하다. 그리고 오래 걸릴 것 같다."

"아, 네. 아빠, 이번 비밀 임무가 애국적 임무죠?" 녀석은 걱정보다 스릴을 느끼는 모양이었다.

"그렇다고 할 수 있다."

"그럴 줄 알았어요." 녀석은 자랑스러운 목소리로 말했다. "아빠, 아빠는 언제나 우리나라를 위해서 위험한 일을 하시잖아요."

"신지야, 아빠가 일 때문에 네 결혼식에 참석하디 못할 것 같다. 신지야, 미안하다."

"아빠, 괜찮아요. 아빠의 임무가 중요하죠. 제 결혼식이야 사적인 일 아녜요?"

"신지야, 아빠는 이 세상에서 너를 제일 사랑한다. 알겠니?"

"네, 아빠. 저도 이 세상에서 아빠를 제일 사랑해요. 아빠, 조심하세요. 조심하겠다고 약속하세요."

"알았다. 신지야, 약속하마, 조심한다고. 너도 약속해라, 행복하게 산다고."

"네, 아빠. 약속할게요."

"그럼 전화 끊는다. 잘 있어라."

"네, 아빠. 잘 다녀오세요."

가슴이 마비된 듯했다. 그냥 두었다, 마비가 슬픔을 막아내기를 바라면서.

"신지야, 약속하마." 나는 중얼거렸다, 무엇을 약속하는지도 모르면서.

제12장

잘 있거라, 내 몸이여

내가 병실을 나서려는데, 전세훈이 손가락으로 열린 문을 두드렸다.

"아, 전 선생님. 들어오세요."

"잘 주무셨습네까?"

"네. 기런대로……" 싱긋 웃으면서, 나는 어깨를 추슬렀다. "지금 제 처지를 생각하문, 잘 잔 셈이디요."

그가 나직한 웃음을 터뜨렸다. "저번에 제가 한 니야기 생각 나십네까? 윤 선생님은 조용한 영웅 타입이시라고 한 니야기? 수술하는 날 아침에 유머 감각을 유지하는 사람은 많디 않습네다."

"전 선생님, 전 선생님 때문에 저는 자기연민을 누릴 수도 없습네다. 제 처지에선 자기연민을 좀 누릴 권리가 있는데."

그가 고개를 젖히고 유쾌하게 웃었다. 그러고는 주머니에서 신분증과 전화기를 꺼냈다. "이것이 수술 후에 윤 선생님께서 쓰실 신분증과 전홥네다. 리진효라는 이름으로 발급되었습네다."

"아, 네. 감사합네다." 나는 신분증을 받아 들었다. 기분이 야릇했다. 나는 새 신분증을 펴고서 내 얼굴과 이름을 확인했다.

"지금 쓰시는 전화로 가족분과 친구분 들에게 마지막 전화를 하시디요. 그다음에 전화에 든 정보들을 새 전화로 옮기시디요. 쓰시던 전화는 제가 해지하갔습네다."

"전화는 다 했습네다."

"좋습네다. 그러문 그 전화를 제게 주십시오. 정보들을 옮기갔습네다."

"감사합네다." 나는 전화기를 그에게 건넸다.

감사하다는 얘기는 빈말이 아니었다. 나는 그가 정말로 고마웠다. 본래의 정체를 버리고 낯선 정체를 얻는다는 어렵고 위험한 과정을 그래도 견딜 만한 시련으로 만드는 것은 이처럼 작은 일까지 챙겨주는 정성이었다. 그런 정성은 육신교환이라는 길고 힘든 과정이 묵은 전화기에 든 정보들을 새 전화기로 옮기는 일처럼 간단한 일들의 연속인 것처럼 느끼게 했다.

남자 간호원이 문간에 나타났다. 나와 눈길이 마주치자, 그가 미안해하는 얼굴로 조심스럽게 물었다, "준비되셨나요?"

나는 고개를 끄덕였다.

"여기 있습네다." 전이 새 전화기를 내게 내밀었다. "쓰시기만 하문 됩네다."

"감사합네다." 나는 새 전화기를 받아 들었다. 전화기에 대해 아는 것이 적은 내가 보기에도, 내가 쓰던 전화기보다는 훨씬 고급이었다. "좋은데요."

그가 싱긋 웃었다. "이 전화기는 제가 해지하갔습네다."

나도 웃음으로 받았다. "그건 골동품입네다."

그가 소리 내어 웃으면서 전화기를 주머니에 넣었다. 이어 정색하고서 말했다, "그러문, 윤 선생님, 나중에 뵙갔습네다. 진심으로 행운을 빕네다."

"전 선생님, 진심으로 감사합네다."

우리는 잡은 손에 힘을 주고서 서로 눈을 들여다보았다. 문득 비장한 마음이 들었지만, 나는 짐짓 웃음을 지었다. 그도 웃음을 지었다.

나는 신분증과 전화기를 가방에 넣고 그 가방을 병실의 금고 안에 넣었다.

연결 복도를 지나 옆 건물로 들어서자, 갑자기 요의가 느껴졌다. 화장실에 갔다 온 지 이십 분도 채 안 되었으니, 마음이 긴장된 탓일 터였다.

"화장실에 들르시겠습니까?" 내가 화장실 표지를 찾아 두리번거리자, 간호원이 물었다.

"네. 조금 전에 화장실에 갔다 왔는데, 또 마렵네요."

그가 따라서 웃음을 지으면서 앞장을 섰다.

변기 앞에 서자, 요의가 싹 가셨다. 억지로 오줌을 조금 누고서, 세면대에서 손을 씻었다. 거울에 비친 얼굴은 낯설다는 느낌이 들 만큼 상해 있었다. 볼은 홀쭉해지고 눈은 푹 꺼진 데다가 살 속에 고인 피로가 배어 나온 듯 검어진 살결엔 윤기가 없었다. 지난 며칠 사이에 그렇게 된 것이었다. 그래도 눈동자에 생생한 기운이 어린 것이 그나마 위안이 되었다. 거울 속의 나를 향해 웃음을 지어 보였다. 피곤했지만 어둡지는 않은 웃음이었다. 이렇게 헤어지는구나, 내 얼굴과. 가벼운 탄식으로 나는 익숙한 내 얼굴에 작별의 눈길을 보냈다. 그리고 돌아서서 종이 수건을 뽑아 들었다.

남자 간호원이 들어와서 살폈다.

"다 됐어요." 나는 밝은 목소리를 냈다. "오줌이 잘 안 나오네."

그가 좀 겸연쩍은 웃음을 지었다.

"어서 오세요. 괜찮으세요?" 남자 간호원의 안내를 받아 수술실로 들어서자, 여자 간호원이 직업적으로 친절한 웃음을 띠고서 직업적으로 친절한 말씨로 내게 물었다. 새빨갛게 칠한 그녀 입술이 흡혈귀를 떠올리게 했다.

내가 신경이 너무 예민하다는 생각이 들어, 그녀에게 억지로 웃음을 지어 보였다. "네. 괜찮습네다."

그녀가 수술 절차에 대해 간단히 설명했다. 가만히 들어보니, 그녀는 수술에 참여하기보다 환자들을 안심시키는 것이 주임무인 듯했다.

"더 알고 싶은 것 있으세요?" 설명을 끝낸 그녀가 물었다.

"됐습네다. 설명이 완벽했습네다. 김순화 선생님, 수고하셨습네다."

뜻밖에도 수줍은 웃음이 그녀 얼굴에 수줍게 피는 꽃송이처럼 어렸다. 그녀 얼굴이 곱게 느껴졌다.

잔잔한 반가움이 내 마음을 부드럽게 밝혔다. 무심히 지나치던 풀섶에서 고운 들꽃 한 송이를 본 듯, 내가 나로서 걷는 마지막 길목에서 만난 이 작은 인연이 고마웠다.

"그러면 수술실로 모시겠습니다."

나는 웃음 띤 얼굴로 고개를 끄덕였다. 그녀에게 나는 그저 많은 일거리들 가운데 하나에 지나지 않을 터였지만, 내가 나로서 마지막으로 만난 사람인 그녀를 나는 오래 기억할 것 같았다.

"침대 위로 올라가 누우세요." 그녀가 옆에 놓인 이동식 침대를 가리켰다.

이틀을 굶었는데도, 기운은 여전했다. 나는 혼자 힘으로 침대에 올라가서 누웠다.

그녀가 내 자세를 고쳐주었다. "이제 마취실로 갑니다."

나는 고개를 끄덕였다.

그녀가 앞장 서서 한 손으로 침대를 끌고 남자 간호원이 뒤에서 밀면서, 우리는 다음 방으로 향했다. 그 방엔 기구들이 가득했다. 내가 수술을 받는다는 사실이 새삼 마음을 압도했다.

그 사람은 지금 어디 있을까, 한가로운 생각이 마음을 스쳤다. 나와 몸을 바꾸기로 된 그 중국인도 지금 나와 같은 절차를 밟고 있을 터였다. 아마도 수술실의 다른 쪽에 있는 마취실에서.

"어서 오세요, 윤 선생님. 저는 마취를 맡은 전문의 새러 세라핀입니다." 남자 간호원이 침대를 제자리에 고정시키자, 키가 훌쩍 큰 여의사가 나를 맞았다. 그녀의 목소리는 부드럽고도 맑았다. 말씨는 완벽한 남조선 말씨였다. 그녀 얼굴은 사람 비슷했지만, 한눈에도 로봇임을 알아볼 수 있었다. 그녀의 로봇 얼굴이 묘하게 나를 안심시켰다.

"안녕하세요, 세라핀 선생님."

그녀가 두 손을 청진기처럼 내 가슴에 대고 잠시 내 몸이 내는 소리에 귀를 기울였다. "상태가 양호합니다. 마취 과정을 시작하겠습니다. 준비되셨습니까?"

"네, 선생님," 나는 내가 낼 수 있는 가장 위엄 있는 목소리로 대꾸했다. 내가 내 목소리로 내는 마지막 말이었다.

내 얼굴에 마스크를 씌우면서, 그녀가 부드럽게 말했다. "선생님, 숨을 깊이 들이쉬세요."

숨을 깊이 들이쉬면서, 나는 내 몸에 작별 인사를 했다. 이제 내 뇌와 나머지 육신은 서로 헤어져서 각기 다른 삶을 살아갈 터였다. 그리고 내 마음은 뇌를 따라갈 수밖에 없었다. 전세훈이 얘기한 '뇌―육신 대논쟁'이 떠올랐다. 새 뇌를 만난 내 몸은 향락의 삶을 살 터이고 아마도 자식들을 낳을 터였다. 내 육신의 자식들이 실제로 태어나더라도, 나로선 알 길이 없었다. 중국 어느 도시에서 신지 같은 딸이 태어나도, 나는 모를 터였다. 뜻밖으로 깊은 아쉬움이 가슴에 어렸다. 그 위로 암흑이 덮이기 시작했다.

제13장
낯선 몸속에서

내가 침대에서 내려오려고 애쓰자, 남자 간호원이 달려와서 도와주었다.

"고맙습네다," 혼란스럽고 부끄러운 마음속에서도 반사적 대꾸가 나왔다.

오른팔을 잡은 그의 억센 힘은 든든했지만 내가 얼마나 약해졌는가 새삼 일깨워주었다. 가벼운 한숨이 내 입가로 새어 나왔다. 그렇구나, 난 이제 늙은이구나.

조심스럽게 내디디면서, 왼 무릎을 시험했다. 새로 얻은 낡은 몸에서 가장 문제적인 부분이었다. 처음 침대에서 내려오면서 왼발에 몸무게를 다 실었을 때, 날카로운 아픔이 온몸으로 퍼졌다. 이제는 좀 시큰거렸지만 조심하면 견딜 만했다.

간호원이 조심스럽게 내 팔을 놓았다. 나는 몇 걸음 걸어서 창가로 갔다. 그 몇 걸음이 무슨 성취처럼 느껴졌다. 야릇한 웃음에 낯선 얼굴이 당기는 느낌이 들었다.

간호원은 나를 주시하고 있었다, 내게 무슨 일이 일어나면 이내 달려올 자세로 서서. 그의 눈길엔 동정과 경멸이 담겨 있었다. 제대로 걷지도 못하는 늙은이에 대한 동정과 돈을 받고 자신의 젊은 몸을 판 사내에 대한 경멸이.

분개의 뜨거운 물살이 내 가슴에서 일었다가 이내 체념의 차가운 파도 아래로 숨었다. 이제 다른 사람들의 동정이나 경멸에 대해 분개하는 것은 어리석고 부질없었다. 차라리 나의 초라한 모습에 익숙해지는 것이 나았다.

나그추에서 열차로 돌아올 때 옆자리에 앉았던 노인이 그리고 그에 대해서 내가 품었던 동정과 경멸이 생각났다. 시뻘건 부끄러움이 내 마음을 지졌다. 간호원이 보이는 동정과 경멸은 업보인 셈이었다. 창밖을 보지 않는 눈길로 내다보면서, 나는 물었다, '그 노인은 그때 내 눈길에 담긴 동정과 경멸을 알아챘을까?'

나는 충동적으로 돌아서서 간호원을 쳐다보았다. 눈길이 마주치자, 내가 지을 수 있는 가장 철학적인 웃음을 그에게 지어 보였다.

내 행동이 뜻밖이었는지, 그가 당황스러운 웃음을 얼굴에 올렸다.

내가 수술을 받고 깨어난 지 이제 삼 주였다. 수술은 적어도 나에겐 성공적이었다. 수술의 충격과 내 몸의 나이를 생각하면, 나는 건강하다고 할 수 있었다. 나와 몸을 맞바꾼 중국인은 어떻게 되었는지 알 수 없었지만, 무슨 얘기가 돌지 않은 것으로 보아, 그의 수술도 잘 끝난 듯했다. 간호원에게 물어볼까 하는 생각이 들었지만, 속으로 고개를 저었다. 부질없는 짓이었다. 이제 내 옛 몸은 자신의 길을 가고 있었다.

슬쩍 내 몸을 내려다보았다. 이제는 내 몸을 자연스럽게 살필 수 있었다. 처음 깨어났을 때는 내 손조차 살피지 못했다. 무슨 낯설고 이상한 손이 거기 있을지 몰라서, 고개를 들거나 손을 들지 못했다. 말하는 것조차 두려웠다. 의사와 간호원 들의 물음에 대답해야만 했을 때에야, 익숙지 않은 목청과 혀와 입술로 낱말들을 밀어내다시피 했었다. 내 귀에 닿은 목소리는 내가 실제로 늙은이가 되었음을 확인해주었다. 묘하게도, 바람이 새는 듯 쉬고 갈라진 목소리는 내 마음을 가라앉혔다. 내가 이제 늙은이임을, 예순네 살의 몸속에 든 마흔네 살의 뇌임을 받아들인 것이었다. 그때도 내가 얻은 새 얼굴을 보려고 거울을 달라고 하진 못했다. 회복실의 침대에 누워 가까이에 아무도 없을 때 손으로 얼굴을 만지면서 내 얼굴이 어떻게 생겼을까 상상해보곤 했다.

그러다가 사흘째 되는 날 갑자기 폐소공포증이 엄습했다. 낯선 몸속에 든 뇌가 문득 함정에 갇힌 것처럼 느낀 것이었다. 몸속에 갇힌 터라, 도망쳐 나갈 너른 공간이 존재하지 않는다는 생각은 갇혔다는 느낌을 증폭시켰고 나를 둘러싼 공간이 좁혀오는 것처럼 느껴졌다. 그리고 들었다, 두려움에 질린 내가 함정에 빠진 짐승처럼 울부짖는 소리를. 이어 시원하고 부드러운 물살이 내 살 속으로 퍼지기 시작했다. 내 몸을 살피는 감시 장치가 안정제를 투입한 것이었다.

이제 나는 새 몸에 적응한 셈이었다. 의식의 지평 바로 너머에서 어른거리는 폐소공포증의 느낌을 아직 감지할 수 있었지만, 내 수술을 지휘했던 인간 의사인 김대히 박사는 폐소공포증은 육신교환 수술 환자들에겐 드물지 않은 증상이며, 뇌가 새로운 몸에 적응하면서, 차츰 사라진다고 했다.

나는 가슴에 붙인 감시 패치를 가리키면서 고개를 끄덕였다. 감시 패치는 감시 장치와 무선으로 연결되어서, 내가 병실 밖으로 나가도 감시 장치는 내 몸의 상태를 살필 수 있었다.

간호원이 격려하는 웃음으로 대꾸했다. 의사들은 나와 같은 육신교환 환자들에게 걷기를 권장했다. 걷기는 힘이 들지 않는 데다가 많은 근육들이 협력해야 가능한 활동이어서, 뇌와 몸이 서로 적응하는 데 좋다는 얘기였다.

나는 환자들이 이용하는 작은 운동장으로 향했다. 복도와 계단을 지날 때마다, 몸을 살폈다. 나이를 생각하면, 내 몸은 아주 나쁜 상태는 아니었다. 오래되었지만 열심히 정비해서 잘 보존된 자동차 같았다. 몸의 모든 부분들이 연약했지만 심각한 문제를 안은 부분은 없었다.

얼굴은 전형적인 늙은이 얼굴이었다. 젊을 때는 나름으로 매력이 없지 않았을 얼굴이었는데, 매사에 재빠르지만 심지는 좀 약한 듯한 인상이었다. 내 얼굴에 불만은 없었다. 훨씬 나쁜 얼굴을 물려받을 수도 있었다. 귀는 약간의 문제가 있었다. 왼쪽 귀에 이명이 있어서 늘 바람이 새는 소리가 났고 잘 들리지도 않았다.

다행히, 시력은 그대로였다. 눈이 뇌와 함께 온 것이었다. 시신경은 말초 신경이 아니라 뇌의 한 부분이므로, 눈과 뇌를 함께 떼어내는 것이 합리적이라는 얘기였다. 몸을 다 잃은 판이라, 노적가리에 불 지르고 싸래기 주워먹는 격이었지만, 그래도 지금 처지에선 횡재를 한 기분이었다.

내 몸의 이전 주인은 향락을 즐기고 움직이는 것은 싫어하는 사람이었는지, 근육은 별로 없고 배가 좀 나왔다. 먹는 것을 절제하고 운동을 열심히 하면, 몸매가 좀 나아질 것 같았다. 성기는 어쩔 수 없이 마음이 쓰이는 부분이었다. 젊은 여인과 정사를 할 생각은 없었지만, 실은 내 늙은 몸을 젊은 여인에게 보이는 것은 생각만 해도 속이 뒤집혔지만, 그래도 손으로 아랫도리를 만지고서 별 이상이 없다는 것을 확인하자, 안도의 한숨이 나왔다. 발기하면 얼마나 클까, 가늠해보기까지 했고, 그런 자신이 우스꽝스러워서 헛웃음을 흘렸다.

운동장엔 아무도 없었다. 입구에 서서, 텅 빈 운동장을 바라보면서, 그 이유를 생각해보았다. 환자가 적어서 그럴 수도 있었다. 늙은 몸을 물려받은 환자들이 운동할 마음이 나지 않아서 그럴 수도 있었다.

그리 반갑지 않은 생각이 거품처럼 내 마음속에서 올라왔다, '그 사람은 지금 병원 저쪽에서 무엇을 할까? 내 몸은, 내가 판 몸은, 지금 어떤 상태일까?'

고개를 돌려 병원 반대편을 살폈다. 부유한 환자들이 있는 곳은 이곳에선 보이지 않았다. 병원의 회복실들은 젊은 몸을 판 가난한 환자들이 묵는 구역과 젊은 몸을 산 부유한 환자들이 묵는 구역으로 나뉘어졌고, 둘 사이의 교류는 엄격히 차단되었다. 젊은 몸을 판 환자가 자기 몸을 산 환자를 만나서 좋을 일은 없을 터였다.

'무엇을 하고 있든, 지금 내 처지보다는 훨씬 낫갔다.' 나는 그리 씁쓸하지 않은 마음으로 내 물음에 대꾸했다. 그는 남이 아니라, 내 몸을 소유하고 관리하는 사람이었다. 그의 겉모습은 며칠 전까지 내가 했던 모습이었다. 그가 잘되어야, 내 몸도 잘 살 터였다.

벌써 다섯 시가 지나서, 해는 병원 건물에 가려졌으므로, 운동장은 걷기 좋았다. 철망 울타리를 따라, 화초와 허브 들이 심어져 있었다. 흔한 꽃들 가운데 꽃양귀비 빨간 꽃들이 돋보였다. 구석에 봉선화들이 피어 있었다. 슬픔과 그리움이 솟구치면서, 걸음이 저절로 멈췄다. 대학 시절이 선연한 기억들로

몰려왔다.

내가 독서 동아리에 들었을 때, 민히가 그 동아리가 '봉선화 독서 동아리'라 불리는 내력을 얘기해주었다. 봉선화에 관한 전설이 있다고 했다. 징기스칸이 세운 몽골 제국이 유라시아 대륙의 태반을 정복했을 때, 조선의 고려 왕조는 수십 년 동안 처절하게 저항했다. 그러나 군사력의 차이가 너무 컸으므로, 마침내 고려 왕은 쿠빌라이 칸에게 항복했다. 그 뒤로 고려의 왕들은 몽골 제국의 엄격한 통제를 받았다.

충선왕(忠宣王)의 아버지는 충렬왕(忠烈王)이었고 어머니는 쿠빌라이 칸의 딸 제국대장공주(齊國大長公主)였다. 그리고 몽골 황족인 계국대장공주(薊國大長公主)와 결혼했다. 충선왕은 조선 역사에서 보기 드문 철인왕(哲人王)이었다. 아직 태자였을 때, 그는 충렬왕의 탐욕스러운 첩과 환관 들을 제거했다. 스스로 나라를 다스리게 되자, 그는 권력 구조를 개혁해서 조정의 강력한 관리들이 권력을 독점하는 것을 막고 힘센 귀족들이 서민들로부터 빼앗은 재산들을 주인들에게 돌려주었다. 그는 군대 조직과 조세 제도도 개혁했다. 심지어 그는 몽골 제국의 조정으로부터 상당히 자주적인 정책들까지 추구했다.

불행하게도, 그와 왕비 계국대장공주는 불화했고, 왕비는 그를 몽골 조정에 고발했다. 그래서 그는 몽골에서 보낸 관리들에게 국새를 빼앗기고 몽골 제국의 수도인 연경(燕京)으로 불려갔다.

폐위된 충선왕이 연경에서 쓸쓸하게 지낼 때였다. 하루는 어린 처녀가 그를 위해 가얏고를 타는 꿈을 꾸었다. 그녀가 줄을 탈 때마다, 그녀 손가락에서 피가 흘렀다. 그는 놀라서 꿈에서 깨어났다. 이튿날 아침, 그는 데리고 있던 궁녀들을 모두 모으고 손을 살폈다. 그랬더니 눈먼 처녀 하나가 손가락들을 모두 헝겊으로 싼 것이 보였다.

임금이 그 눈먼 처녀에게 물었다. "너는 누구냐?"

그 처녀가 떨리는 목소리로 아뢰었다. "폐하, 소녀는 고려에서 온 공녀이옵나이다."

공녀는 '바친 여인'이라는 뜻인데, 크고 힘센 나라의 요구에 따라 작고 약한 나라가 강제로 뽑아서 보낸 처녀들을 가리켰다. 몽골 황실은 고려 왕실에 대해 주기적으로 공녀들을 바치라고 요구했다.

임금이 다시 물었다. "어쩌다가 눈이 멀었느냐?"

"소녀가 너무 울어서, 눈이 멀었사옵나이다. 폐하."

"왜 그리 울었느냐?"

"고향이 너무 그리워서, 울었사옵나이다. 폐하."

임금은 그 눈먼 처녀가 불쌍했다. 당장 그녀를 고려의 고향으로 돌려보내고 싶었다. 그러나 그녀에게 해줄 수 있는 일이 하나도 없었다. 그 자신이 포로나 마찬가지였고, 적들이 그를 철저히 감시하고 있었다.

한숨을 쉬고서, 임금은 물었다. "손가락들은 왜 헝겊으로 쌌

느냐?"

"손톱에 물을 들이려고 봉선화 꽃잎들을 붙였사옵나이다, 폐하."

임금은 고개를 끄덕이고 부드럽게 말했다. "그렇구나."

임금의 부드러운 목소리에 마음이 놓인 처녀가 설명했다. "폐하께서 고려를 떠나신 뒤, 소녀의 아비는 폐하께 충성했다고 미움을 받아 관직에서 쫓겨났사옵나이다. 그리고 소녀는 공녀로 뽑히어 이리로 끌려왔사옵나이다. 폐하를 이리 모시게 된 것은 소녀에겐 행운이옵나이다, 폐하." 그리고 슬픔을 못 이겨 흐느꼈다.

"너무 슬퍼하지 말거라. 좋은 날이 올 게다," 임금은 흐느끼는 처녀를 달랬다.

소매로 눈물을 훔치고서, 그녀는 임금께 애원했습니다. "폐하, 소녀에게 청이 하나 있사옵니다."

"청이 있다고? 무엇이냐? 얘기해보아라." 미소를 지으며, 임금이 부드럽게 말했다.

"소녀가 폐하께 들려드리고 싶어서 배운 곡이 있사옵니다."

"그러냐? 그러면 한번 들어보자." 임금은 가얏고를 가져오게 했다.

눈먼 처녀는 가얏고를 타면서 노래를 불렀다. 현명하고 자비로운 임금이 자신의 왕위를 되찾아 다시 나라를 잘 다스리기를 기원하는 노래였다.

임금은 크게 감동했다. "잘 들었다. 고맙다. 내가 고려에 돌아가게 되면, 모두 함께 돌아가자. 그때는 내가 네 정성에 보답해줄 수 있을 것이다."

몇 해 뒤, 몽골 황제가 죽자, 아들들이 황제의 자리를 놓고 다투었다. 마침 충선왕이 지지한 아들이 황제가 되었다. 충선왕은 그 보답으로 고려 국왕의 자리를 되찾았다. 그는 왕위를 넘본 적수를 제거하고 그의 부재 기간에 저질러진 잘못들을 바로잡았다.

어느 날 바쁜 가운데 잠시 한가로운 시간을 즐기다가, 충선왕은 연경에서 보았던 그 눈먼 공녀가 생각났다. 알아보니, 그녀는 충선왕이 고려로 돌아올 때 일행에 끼지 못하고 연경에 남았다고 했다. 그는 이내 사람을 보내 그녀를 찾아보도록 했다. 왕의 사자가 연경에 이르러 그 공녀를 찾았더니, 사람들이 그녀가 고향을 그리워하다가 죽었다고 했다.

충선왕은 자신의 잘못으로 그녀가 죽었다고 여겼다. 그가 복위되어 고려로 돌아갈 때, 그녀는 자신도 임금을 따라 고려로 돌아가리라 생각하고 기뻐했을 터였다. 혼자 이역에 남게 되었을 때, 그녀는 야속함과 그리움에 더 살아갈 기력을 잃었을 터였다. 그녀의 슬픈 넋을 달래려고, 그는 궁궐의 뜰마다 봉선화를 심게 했다. 그 뒤로 봉선화는 조선 사람들로부터 늘 사랑받는 꽃이 되었다고 전설은 전했다.

민히에게서 그 전설을 들은 뒤로는, 봉선화를 볼 때마다, 나는 걸음을 멈추고 꽃들을 하염없이 바라보곤 했다. 그 작고 고운 꽃들 너머에 먼 이역에서 고국을 그리워하면서 손톱에 봉선화 물을 들이는 그 눈먼 공녀의 모습이 어른거렸다.

'임금은 복위되어 고려로 돌아가는데, 일행에서 빠져 혼자 남게 되었을 때, 그 불쌍한 처녀는 어떤 마음이었을까?' 분홍 꽃들을 내려다보면서, 나는 누구에게랄 것 없이 물었다.

일찍 핀 꽃잎들은 벌써 지고 있었다. 나는 그 전설과 함께 배운 시를 나직이 읊었다.

마당 한쪽으로 비켜서서
수줍게 피는
작은 나라 꽃.

큰 나라로 끌려간 어린 공녀들
한이 서린 꽃.

이 잔잔한 여름 저녁
두만강 너머
멀리 팔려 가는 여인들

혼자 밝혀서
저리 서러운 꽃자주.

그 시는 '봉선화 독서 동아리'의 선언문과 같았다. 동아리를 처음 만든 사람들 가운데 하나인 리시립이 지었다고 했다. 뒤에 역사학자가 된 그는 끝내 당국에 체포되어 북만주에서 강제 노동을 하다 죽었다.

내가 봉선화에 관한 전설과 리시립의 「봉선화」를 알게 된 지 스물다섯 해 만에, 늙은 중국인들에게 젊은 조선인들의 몸을 넘겨주는 수술을 전문으로 하는 병원의 운동장에서 봉선화를 만난 것이었다. 묵직한 감정의 물살이 속에서 일었다. 옛적의 공녀들, 지금의 몸 파는 사람들—나는 내가 순수한 분개와 상당한 자기연민을 느낄 자격이 있다고 판단했다. 그러나 나는 그런 감정들을 뒷날을 위해 저축하기로 했다.

늙은 환자 하나가 나타나더니 운동장을 열심히 걷기 시작했다. 내 마음이 생각에 잠긴 사이, 내 눈길은 그가 걷는 모습을 따라갔다. 전세훈의 얘기가 맞았다— 늙은 육신에게도 삶은 남아 있었다. 봉선화 꽃들에게 눈짓을 하고서, 나도 걷기 시작했다.

제14장
자축

냉면은 정말로 맛있었다. 나는 그릇을 들어 국물을 마셨다. 시원한 국물이 속을 가라앉혔다.

전세훈이 내가 냉면을 드는 모습을 슬쩍 살폈다.

"이 냉면 정말로 맛있는데요. 병원 밥 먹다가 이것 먹으니, 살 것 같습네다."

그가 싱긋 웃었다. "아무리 잘 요리해도, 병원 밥은 병원 밥이디요."

"맞습네다." 나는 흔쾌히 동의했다.

오늘 아침에 나는 인민복지병원에서 나왔다. 수술 뒤 꼭 5주 동안 병원에 머문 것이었다. 어저께 주치의가 내 감시 장치를 살피더니, 내가 정상적 활동을 해도 될 만큼 건강하다고 말했다. 그래서 성공적 수술을 자축하는 자리 삼아 전과 함께 저녁을 드는 참이었다. 나는 냉면이 먹고 싶다고 했고 그가 이곳이 전통적 냉면을 잘 한다고 추천했다. 요즈음 젊은이들은 입맛까지도 남조선 사람들을 닮아서, 음식점마다 달콤새콤한 냉면을 팔고 있었다. 실은 모든 음식들이 달아서 제맛이 나지 않았다.

"축하합네다. 리진효 선생님, 오래오래 건강하게 사십시요." 그가 소주잔을 들었다.

"감사합네다." 나도 물잔을 들어 그의 잔에 부딪쳤다. "전 선생님께서도 오래오래 건강하십시요."

의사는 적어도 반 년은 술을 입에 대지 말라고 했다. 그래서 나에겐 술 없는 자축 잔치였다.

우리는 이해의 웃음이 담긴 눈길을 교환했다. 그가 나를 '리진효 선생님'이라고 부른 것은 나의 바뀐 신분을 해학적으로 언급한 것이었다. 그 말 속에 많은 뜻들이 담겨 있었다. 그랬다, 이제 윤세인은 사라진 것이었다. 대신 리진효라고 불리는 늙은이가 이 세상에 홀연히 나타난 것이었다.

"수술이 성공적으로 마무리되어, 저도 정말로 기쁩네다. 중국인 고객도 만족했습니다."

"아, 네." 안도감으로 마음이 밝아졌다. 수술이 그쪽에서도 잘 끝났다니, 중국인의 뇌가 든 내 몸도 잘 있다는 얘기였다. 이어 그리움 비슷한 감정이 일었다──한번 보고 싶었다, 이젠 내가 아닌 내 몸을.

"리 선생님, 거듭 말씀드린 것처럼, 리 선생님은 우리 병원의 평생 고객이십네다. 무슨 병이든지, 우리 병원에서 무료로 치료를 받으실 수 있습네다. 외국에 나가실 때는 미리 우리 회사에 알려주셔야 합네다. 그러문, 우리 회사에서 적절하게 조치를 취해드립네다."

"알갔습네다."

"무슨 심각한 증세가 나타나면, 즉시 우리 병원이나 저한테 연락하십시오. 다른 병원에 가시는 것은 가급적 피해주십시오."

"알갔습네다."

"수술과 관련된 얘기는 일절 하시디 않는 것이 동습네다. 제삼자가 수술에 대해서 물어오면, 우리는 무조건 부인할 것입네다."

"알갔습네다. 제가 받은 수술에 대해서 니야기하고 싶은 생각이 들 것 같딘 않습네다."

그가 고개를 끄덕였다.

나는 냉면을 다 먹고 만족스럽게 젓가락을 내려놓았다. "아, 잘 먹었다."

"이 집이 보기는 허름해도 손님이 많습네다."

"손님이 많게 생겼습네다." 입맛이 되살아난 것이 퍽이나 반가웠다. 수술을 한 데다가 병원 음식이 원래 밋밋해서, 그동안 입맛이 없었다. 늙은 몸을 물려받은 탓도 있을 터였다. 나이가 들면 혀의 미봉들이 많이 줄어들어서, 음식 맛을 제대로 맛볼 수 없다고 했다.

"커피 한잔하시갔습네까?" 잔을 비우고 나서, 그가 물었다.

"둏디요."

종업원이 나타나자, 그는 원두커피를 주문했다. 요즈음엔 원두커피가 유행해서 이런 곳에서도 원두커피를 내놓은 모양이었다.

종업원이 방문을 닫고 나가자, 전이 물었다. "따님 결혼식 준비는 잘 되어가십네까?"

"네. 덕분에 그런대로……"

"결혼식엔 어드케…… 가보실 생각이십네까?" 그가 조심스럽게 물었다.

"아무래도 가봐야 할 것 같습네다. 먼 발치로 보고……" 나는 짐짓 밝은 웃음을 얼굴에 올렸다. "그러고는 해주로 가서 리진효로 살아가야디요."

내 가벼운 해학에 그가 웃음으로 화답했다. "리 선생님께서 여생을 건강하고 행복하게 지내시기를 기원합네다."

"감사합네다. 그런데, 전 선생, 해주로 은퇴하기 전에 하나 마무리하고 싶은 것이 있습네다."

그의 얼굴이 문득 진지해졌다. 그럴 만도 했다. 그동안 여러 번 무리한 부탁을 한 터였다.

"저는 제 몸을 보다 잘 알고 싶습니다. 잘 알아야 잘 살아갈 수 있다, 그런 생각이디요."

"맞는 말씀입네다." 그가 조심스럽게 동의했다.

"그렇게 할라문, 제 몸이 젊었을 때 살았던 곳을 찾아서 한 번 둘러보는 것도 도움이 되겠다, 하는 생각이 들었습네. 그 렇게 하는 것이 원래 제 몸을 소유했던 사람에 대한 도리다, 하는 생각도 들었습네다. 그 사람도 고향을 한번 찾고 싶디 않갔습네까?"

그가 조심스럽게 고개를 끄덕였다. "무슨 말씀이신디 알갔습네다. 함경도 쪽에 한번 다녀오실 생각이십네까?"

"네. 그 사람이 수술 받기 전에 살았던 곳을 한번…… 그 사람 부인이 아직 살아 있다고 하셨디요?"

"네. 마지막으로 확인했을 때는 살아 있다고 했습네다."

"그 부인이 잘 사는디 한번 살피는 것도…… 제가 이 몸을 가진 이상, 그렇게 하는 것이 도리다, 하는 생각도 들었습네다."

그가 무거운 눈길로 나를 찬찬히 살폈다. "리 선생님, 그것이 돟은 생각이라고 생각하십네까?"

나는 그의 눈길을 받았다. "솔직히 말씀드리문, 잘 모르갔습네다, 그것이 돟은 생각인디 아닌디. 다만, 중고차를 물려받듯이 사람 몸을 물려받을 수는 없다는 생각이 들었습네다. 사람의 몸은 나름의 내력과 기억이 있고 그것을 물려받은 사람은 그런 내력과 기억을 존중해야 하지 않을까요?"

종업원이 커피 쟁반을 들고 들어와서 빈 그릇을 들고 나갔다. 우리는 두툼한 잔에 가득 담긴 커피를 맛보았다.

"향이 좋습네다." 내 얘기를 그가 웃음으로 받았다.

문득 군단에서 힘든 작업을 하다가 잠깐 쉬면서 마시던 커피 생각이 났다. 물론 봉지 커피였다. 맛이야 지금 커피가 단연 나았지만, 그래도 나는 그때의 커피가 그리웠다. 아니, 그때가 그리웠다. 적어도, 그때 나는 젊었었다.

"전 선생님," 먼 과거로 돌아간 마음을 불러들여 지금 이 자리에 매어놓고, 나는 그를 응시했다. "환자가 물려받은 몸의 내력에 대해 알고 싶어 할 때, 그것을 억제하는 것이 회사 방침인가요?"

"그런 것은 아닙네다." 그가 커피 잔을 내려놓고 차분한 말씨로 설명했다. "이 일에 관한 명확한 방침은 없습네다. 막는다고 막아질 것도 아니고. 막으문, 더 하고 싶은 것이 사람 마음 아닙네까?"

그의 조심스러운 웃음에 나도 소리 내어 웃었다.

"다만, 저희 상담원들은 그런 일을 회의적으로 보디요. 판도라의 상자를 여는 경우가 드물디 않습네다. 회사 방침은 환자에게 그런 위험을 충분히 알려라, 하는 정도입네다."

"잘 알갔습네다. 전 선생님과 회사의 입장은 충분히 이해합네다. 회사에서 제공하는 정보를 이용할 때는 조심하갔습네다. 제가 원하는 것은 그 사람의 마지막 주소입네다. 그 사람이 살았던 곳을 한번 둘러보고 그 사람의 부인이 잘 사는가 멀리서 한번 살펴보고, 그러고 나면, 마음이 좀 개운해딜 것 같습네다."

생각에 잠긴 얼굴로 커피를 마시더니, 마음을 정한 듯 그가 활발하게 말했다. "알갔습네다. 우리가 가진 주소는 꽤 오래되었습네다."

"감사합네다."

그가 전화기를 꺼냈다. "주소를 리 선생님 전화로 보내드리디요."

저번에 그가 말한 대로, 주소는 함경북도 김책시에 있었다. 김책시는 조국해방전쟁에서 영웅적으로 활약한 김책 장군을 기리는 도시였다.

"매사에 마음을 써주셔서 진심으로 감사합네다."

"감사해야 할 사람은 접네다. 모든 고객들이 리 선생님 같다문, 제 생활이 편할 겁네다."

"전 선생님께선 앞으로도 계속 이 사업을 하실 것이디요?"

"네. 지금 제 처지에서 따로 할 만한 일도 없고." 그가 싱긋 웃었다. "어렵고 위험한 일이디만, 보람도 있습네다. 실은 다음 주 재교육 과정에 다시 들어갑네다."

"아, 그렇습네까? 재교육 학교에 들어가십네까?"

"네."

"거기서 다시 고객들을 찾으시려구요?"

"네."

"전 선생님 회사는 잘되는 것 같습네다."

"네. 사람들은 늙어가고 늙은 사람들은 젊은 몸을 갖기를 원하디요." 그가 느긋한 웃음을 지었다.

"그리고 전 선생님은 잠재적 고객을 알아보는 데 천부적 소질이 있으시구요."

우리는 함께 소리 내어 웃었다.

"그런데, 전 선생님, 육신교환 수술이 언젠가는 낡은 기술이 될 가능성은 없나요? 노화방지 기술이 발전하문, 굳이 육신교환을 할 필요가 없디 않갔습네까?"

"육신교환 수술이 경과적 기술인 것은 사실입네다. 사람이 영생하게 되문 사라딜 기술이디요. 그러나 노화방지 기술은 가까운 미래에 나오기 어렵다고 합네다."

"그런가요? 언젠가 신문에서 보니끼니, 노화방지 기술이 빠르게 발전하고 있어서, 그리 멀디 않은 장래에 사람들이 실질적으로 영생할 것이다, 전문가들이 그렇게 예언했다고 나왔던데요?"

"우리 의사들의 컨센서스는 노화방지 기술이 우리 생전엔, 그러니끼니 인간 의사들의 생전엔, 오디 않는다는 것입네다."

"아, 그렇습네까? 그러문 제가 읽은 기사는 과장이었군요."

"원래 신문이나 방송이나 선정적인 얘기들을 동아하잖습네까? 노화 문제라문, 실은 저도 좀 압네다. 젊었을 적에 노년병을 연구하는 곳에서 일했거든요."

"아, 그러셨습네까?"

그리움 또는 아쉬움이 스치면서, 한순간 그의 얼굴이 부드러워지는 듯했다. 가벼운 한숨을 쉬고서, 그가 설명했다. "만수대연구소라는 곳이었는데, 저는 통계학자로 자료들을 수집하고 분석하는 일을 했습네다. 그러다가 '일호실'로 배치되었디요. 일호실은 정권의 나이 많은 지도자들의 건강을 보위하는 의료 조직이었습네다. 연구소의 핵심 조직이었디요. 연구소가 원래 지도자들의 건강을 위해 설립되었거든요."

그의 얘기는 내 마음에 깊은 인상을 남겼다. 그에게 비밀스러운 과거가 있으리라고 처음부터 짐작했었지만, 나이 많은 지도자들의 건강을 보위하는 의료 조직에서 일했다는 사실은 그런 짐작의 범위를 넘었다. 아울러, 나는 그에게 새삼 고마움을 느꼈다. 자신의 비밀스러운 그리고 드러나서 좋을 것 없는 과거를 내게 밝힌 것은 나를 믿는다는 얘기였고, 믿음은 늘 가장 큰 칭찬이었다. 특히 그와 나처럼 사업적으로 만난 사이에선.

"아, 네." 나는 열심히 고개를 끄덕였다.

"제가 연구소를 떠난 디 이십 년이 넘었으니끼니, 그동안에 획기적인 노화방지 기술이 나왔을 가능성이 없디는 않디요. 허디만 그럴 가능성은 무시해도 좋을 만큼 작다는 것이 제 생각입네다. 당시 기술 수준이, 우리 연구소만이 아니라 다른 나라들의 연구소들도, 그리 높디 않았거든요."

"알겠습네다. 모든 사람들이 건강하게 오래 살고 싶어 하는데, 노화방지 기술을 연구하셨으니끼니, 큰 보람을 느끼셨갔네요."

"한때는 그랬디요." 그가 가벼운 한숨을 쉬었다. "그러나 결국 쫓겨났습네다."

"쫓겨나요?"

그가 고개를 끄덕이고 잠시 생각했다. "끔찍한 일이 일어났디요. 이천오십일 년에 리창남 주석이 우리 연구소에서 치료를 받은 뒤 사망했습네다. 그래서 우리 연구소 사람들은 모두 조사를 받았습네다. 우리는 잘못이 없다는 것을 밝힐 수가 없었습네다. 처음부터 우리가 잘못했다는 전제 아래 조사가 진행되었디요. 우리는 결국 잘못을 인정했습니다. 원장, 부원장, 일호실장, 그리고 주치의, 네 사람이 처형되고 나머지 사람들도 모조리 감옥으로 갔습네다."

"그랬군요." 나는 무겁게 고개를 끄덕였다. 그가 고문을 받았던 경험을 얘기했던 것이 생각났다.

"저는 아직도 리 주석에게 무슨 일이 일어났는지 모릅니다. 별의별 음모론들이 나돌았거든요. 분명한 것은 우리가 희생양으로 삼기에 돟았다는 사실입네다." 그가 쓸쓸하게 웃고서 말을 이었다. "하여튼, 노화 방지 기술이 사람들이 생각하는 것보다 늦게 나오리라는 것은 확실합네다. 노화 현상에 대해 많이 알문 알수록, 그것이 생명의 본질적 현상이라는 것이 분명해딥네다. 그 사실은 노화 과정을 막거나 지연시키는 것이 매우 어렵다는 것을 뜻합네다. 생각해보문, 당연하디요. 노화는 성의 부산물입니다. 이 지구의 생물들이 성을 발명하지 않았다문, 노화도 없었을 것입네다."

그의 얘기는 전문적 수준이어서, 나로선 따라가기가 쉽지 않았다. 그래서 나는 오히려 더욱 열심히 고개를 끄덕이게 되었다.

"성은 유전자들을 효과적으로 뒤섞기 위해 발명되었습네다. 무성 생식을 하문, 어버이의 유전자들을 자식들이 그대로 물려받게 되디요. 유전자들이 많이 뒤섞여야, 다른 특질들을 가진 개체들이 많이 나오고, 환경에 잘 적응한 개체들이 살아남아서, 진화가 활발하게 이루어디요. 그런 과정을 통해서 생명체들은 환경에 점점 잘 적응해서 번창하게 된다, 그런 니야기디요." 그는 내가 자기 말뜻을 따라오는가 살폈다.

"네. 그렇디요."

"즉 성은 새로운 개체들의 나타남과 오래된 개체들의 사라짐을 뜻합네다. 성은 삶이고 죽음이디요. 그래서 노화는 성의 필연적 부산물입네다. 만일 나이 든 개체들이 계속 살아가문, 새로운 개체들이 나올 여지가 없디요. 그래서 자연은 개체들이 생식 기능을 수행하고 나문 그 개체들의 몸이 이내 늙도록 설계한 것이디요."

"전 선생님 말씀은, 우리 몸이 의도적으로 노화되도록 설계되었다, 그래야 진화 과정이 진행될 수 있다, 그런 말씀이디요?"

"맞습네다." 똑똑한 학생이 자기 말을 잘 알아들었을 때 선생님이 짓는 웃음을 그가 지었다. "성은 이십억 년 전에 발명되었다고 합니다. 리 선생님, 이십억 년 전입네다. 그렇게 긴 세월 동안 지속된 진화 과정에서 나온 현상을 없애는 일이 쉬울 리 있갔습네까?"

"그것이 의사들의 공통된 의견인가요?"

"네. 실은 그 이상입네다. 의사들은, 인간 의사들이든 로봇 의사들이든, 노화방지 기술이 인류의 재앙이 되리라고 확신합네다."

"그렇습네까? 모든 사람들이 젊은 몸으로 오래오래 살고 싶어하는데, 어드케 그것이 인류의 재앙이 될 수 있나요?"

"사람들이 오래 살문, 인구가 많아디니끼니, 지구 환경이 지탱할 수 없다, 그런 실제적 이유가 있디요. 허디만 사람의 수명이 아주 많이 늘어난 상황은 훨씬 깊은 수준에서 문제가 된다고 합네다. 노화방지 기술이 완성되면, 사람은 무한정 살 수 있게 됩네다. 그러나 사람은 사고를 만나기도 하고 갑자기 나타난 질병으로 죽기도 하고 다른 사람 손에 죽기도 하고 스스로 목숨을 끊기도 합니다. 그래서 어떤 사람은 아주 오래 살갔디만, 영원히 살 수는 없디요. 리 선생님, 언젠가 노화방지 기술이 완성되어 사람이 무한정 살게 되문, 평균 수명이 얼마나 되리라고 생각하십네까?"

잠시 생각해본 뒤, 나는 고개를 저었다. "모르겠는데요. 전혀 짐작을 할 수 없네요. 백만 년 살 것 같디는 않고. 십만 년?

십만 년이 그럴 듯한데요."

"리 선생님께선 무척 낙관적이십네다." 그가 유쾌하게 웃었다.

"제 짐작이 터무니없나요?"

"보험통계 전문가들은 육천 년으로 본답네다."

"아, 그렇습네까? 겨우 육천 년이라. 이 세상이 보기보다 훨씬 험하네요."

우리는 함께 웃었다.

"노화방지 기술이 완성되어 이론적으로 영생할 수 있어도, 사람의 평균 수명은 육천 년에 지나지 않습네다. 리 선생님 말씀대로, 이 세상이 보기보다 훨씬 험한 모양입네다. 그래도, 리 선생님, 육천 년은 결코 짧은 세월이 아닙네다. 육천 년은 우리 수명의 육십 배가 넘습네다. 육천 년 전엔 고대 문명들이 막 나타나기 시작했습네다. 제가 육천 년 전에 태어났다문, 이천 살이 되었을 때, 비로소 중국의 상(商) 문명이 일어나서 갑골문자가 쓰이기 시작했을 것입네다. 그리고 저는 조선 땅에서 농사가 시작되는 것도 보고, 고조선이 일어나는 것도 보았을 겁네다."

"그렇네요. 육천 년도 긴 세월이네요."

"그렇게 긴 세월에 겪은 일들이 얼마나 많갔습네까? 고조선의 수도 폐양이 한(漢)의 군대에게 함락되는 것도, 낙랑의 수도 폐양이 고구려 군대에게 함락되는 것도, 고구려의 수도 폐양이 당(唐)의 군대에게 함락되는 것도, 고려의 서경이었던 폐

양이 묘청의 난 때 김부식의 관군에게 항복하는 것도, 임진왜
란 때 폐양성이 왜군에게 떨어지는 것도 다 보았을 겁네다. 그
런 역사적 비극들을, 떠올리기 어려울 만큼 비참한 일들을, 다
겪었을 겁네다. 그런 경험들이 제 정체성을 형성했갔디요. 바
로 거기에 문제가 있습네다."

식은 커피를 마저 마시고서, 그는 말을 이었다. "그렇게 많
은 역사적 비극들이 머리에 생생하게 새겨딘 터에, 이제 무슨
비극이 새롭갔습네까? 육천 년 동안 수많은 사람들과 인연을
맺었는데, 이제 무슨 인연이 특별하갔습네까? 육천 년 동안 수
많은 여인들을 만나고 사랑하고 헤어졌는데, 이제 무슨 애틋한
사랑을 할 수 있갔습네까? 모든 것들이 시들하갔디요."

나는 묵묵히 고개만 끄덕였다. 육천 년의 세월을 실제로 내
가 산 듯, 세월의 무게가 마음을 압도했다.

"그렇게 되문, 사람은 새로운 환경에 맞춰 변화할 수가 없습
네다. 몇천 년 전 젊었을 적의 기억들이 뇌에 새겨져서 새로운
경험들이 저장될 장소가 없는 겁네다. 제 뇌엔 제가 아직 원시
인이었을 때 겪었던 일들이 깊게 새겨졌을 겁네다. 장기 기억
들은 강화된 시냅스로 저장됩네다. 기억이 뇌에 새겨지면, 뇌
의 구조가 바뀌고, 그 구조가 유지되는 한 기억도 살아 있는
것이요. 최근의 경험이 뇌에 새겨지려면, 그렇게 강화된 시
냅스가 줄어들고 새로운 시냅스가 강화되어야 하는데, 그것이
얼마나 힘들갔습네까? 요즈음 세상에서 우리가 겪는 무슨 일

들이 원시인으로 살았던 젊은 시절의 기억들보다 더 강렬하갔습네까? 늘 배고프고 맹수들에 쫓기고 법이 없는 살벌한 사회에서 살아남고 배우자를 얻기 위해서 다른 사람들과 목숨을 걸고 싸운 그 삶보다 더 강렬한 경험이 현대인에게 있을까요?"

그가 빈 커피 잔을 들었다가 내려놓고 물잔을 들어 목을 축였다. "즉 제가 몇천 년을 산 사람이라문, 저는 새로운 환경에 맞춰 바뀔 수가 없는 사람일 것입네다. 그래서 지금 일어나는 일들에 별 관심이 없고 새로운 것은 무엇이나 본능적으로 거부하디요. 그리고 무한정 살 수 있느니끼니, 목숨을 잃을 위험이 조금이라도 있는 일은 피하디요. 그런 사람들로 이루어진 사회는 어떤 사회일까요? 조그만 변화도 용납하지 않는, 활력을 잃고 점점 쇠퇴해가는 사회일 겁니다."

그가 그린 세상은 듣는 사람의 마음을 어둡게 하는 잿빛 세상이었다. 인류의 미래가 그런 세상이라는 얘기는 정말로 달갑지 않았다. 그러나 나는 그의 얘기에서 논리적 틈새를 찾을 수 없었다.

"전 선생님 말씀을 듣고 보니끼니, 아닌 게 아니라, 걱정이 되네요. 생전에 노화방지 기술이 완성되어 좀 오래 살아볼까 했는데."

함께 웃고 나서, 그가 말을 이었다. "그런 니야기를 들은 다음부터, 어린애들과 젊은이들을 새삼스럽게 살피기 시작했습네다. 어린애들은 잠시도 가만히 못 있잖네까? 걸을 때도 그냥 걷지 않고 뛰고 까불고. 활력이 넘치디요. 호기심도 많고 모든 것들이 재미있디요. 그러다 차츰 활력도 호기심도 즐거움 도 줄어들어요. 중년이 디나문, 몸은 무거워디고 모든 것들이 시들해디디요."

"그렇디요. 제가 육십이 넘어보니, 알갔습네다."

우리는 다시 웃었다. 지금 처지에서 그런 농담을 할 수 있는 자신이 나로선 적잖이 대견했다.

"그래서 의사들은 노화방지 기술이 인류에게 재앙이 될 것이 라고 보디요. 이 지구의 생명이 활력을 지니려문, 생명의 기운 을 이어가는 개체들은 늙어 죽어서 자리를 비워야 한다는 니야 기디요. 죽음은 삶의 본질적 부분이라는 니야기디요."

"그래도 사람들은 모두 오래 살고 싶어 하디요. 나이가 많은 사람일수록 오히려 목숨에 대한 애착이 크던데요."

"바로 그 점이 문제의 핵심입네다. 저도 제 생전에 노화방지 기술이 실용화되어서 좀 오래 살고 싶습네다. 우리는 원하는 것 을 얻습네다. 우리가 영생을 원하니끼니, 우리는 언젠가는 영 생을 얻을 것입네다."

그는 자기 차로 나를 호텔까지 데려다주었다. 헤어지기 전 에, 그가 흰 봉투를 내밀었다. "따님 결혼을 진심으로 축하드 립네다. 이것은 진정한 영웅을 아버님으로 둔 행운을 가진 신 부에게 드리는 제 작은 선물입네다."

제15장
내 딸의 결혼식

버스에서 내리니, 예식장이 이내 눈에 들어왔다. 이곳은 성천강 서쪽 새로 개발된 신시가지여서, 아직 빈터들이 많이 남아 있었다. 예식장은 중세 유럽의 성채를 본뜬 건물이었는데, 시멘트 건물을 노랗고 빨갛게 칠해놓아서, 이내 눈에 띄었다. 요즈음 조선 사람들은 유럽 스타일을 좋아하는 듯했다. 남조선 사람들이 좋아하는 것을 텔레비전에서 보고 따라 하는지도 몰랐다. 조선에서 될 만한 사업이 무엇인지 알려면, 이십 년 전에 남조선에서 어떤 사업이 잘 되었는지 알아보라는 얘기를 벌써 여러 번 들었다. 어쨌든, 신지가 좋아한다니, 나로선 그런 예식장에서 결혼식을 올리는 것에 대해 불만이 전혀 없었다.

가방을 어깨에 멘 채, 나는 일부러 천천히 걸었다. 결혼식이 시작되기 직전에 닿을 생각이었다. 이제 나를 알아볼 사람은 없었지만, 그래도 거기서 아는 사람들을 만나고 싶지는 않았다.

일 층 로비의 안내판이 오늘 열한 개의 결혼식이 열린다는 것을 알려주었다. 신랑 김현국과 신부 윤신지의 결혼식은 이 층의 난실에서 열한 시에 시작될 터였다. 그 결혼식이 오늘의 첫 결혼식이었다. 식장은 일 층에 하나, 이 층에 둘이 있었다. 승강기들이 있었지만, 짧은 시간이나마 사람들과 아주 가까이 있어야 하는 승강기를 타고 싶지 않았다. 무릎을 조심하면서, 천천히 계단을 올라갔다.

난실은 계단 왼쪽에 있었다. 사람들이 입구에 많이 있어서, 마음이 적잖이 놓였다. 하객들이 너무 적어서 쓸쓸한 결혼식이 될 것 같지는 않았다. 가까운 쪽에 신랑의 가족들이 서 있었다. 육십대로 보이는 부부가 손님들을 맞고 있었고 옆에 밝은 낯빛으로 인사하는 신랑이 있었다.

신랑은 키가 크고 잘생긴 편이었다. 인상이 서글서글했다. 서른넷이라 나이가 많은 편이었지만, 신지가 보여준 사진보다 나았다. 눈에 뜨이는 흠이 없어서, 흐뭇했다. 나도 모르게 긴장되었던 몸과 마음이 풀리는 것을 느끼면서, 나는 신랑 아버지가, 내 바깥사돈이, 나이 많은 여자 손님을 반기는 모습을 살폈다. 그는 평생 힘을 쓰는 일에 종사한 듯, 얼굴과 손이 검게 그을렸고 입은 양복이 몸에 잘 맞지 않는 듯한 느낌을 주었다. 신랑처럼, 비교적 서글서글한 얼굴이었다. 신랑 어머니는 좀 세련되어 보였다. 내가 들은 얘기로 마음속에서 생각했던 것과 비슷했다. 좀 까다로운 면도 있겠지만, 사람이 독해 보이지는 않았다. 모든 것을 고려하면, 나는 사돈 식구들에 대해 불만이 없었다. 아비 없는 자식으로 큰 신지로선 좋은 배필을 구한 셈이었다.

나는 조심스럽게 벽을 따라 신부 가족이 선 쪽으로 다가갔다. 민히는 남편과 함께 서서 손님들을 맞고 있었다. 어쩔 수 없이 가슴이 저려왔다. 수수한 한복에 떠받쳐져, 곱게 나이 들어가는 그녀의 원숙한 아름다움이 돋보였다. 그녀와 처음 만난 순간부터 지금까지의 세월이 영화처럼 눈앞으로 지나갔다. 한 손으로 벽을 짚고 눈 감고 서서, 가슴을 움켜쥔 저릿함이 가시기를 기다렸다.

나도 모르게 나온 한숨을 길게 내쉬고서, 눈을 떴다. 민히 부부가 막 젊은 여인을 맞고 있었다. 민히 남편과 가까운 사이인 듯, 그가 허물없이 대했다. 나는 그를 사진으로만 보았었다. 나는 민히의 결혼 생활이 나 때문에 영향을 받지 않을까 걱정이 되었고, 그녀도 나를 자기 남편에게 소개할 생각이 없는 듯했다. 그는 평범하게 생긴 중년 사내였다. 키는 작았지만 당차게 생겼다. 신지 말로는 쉰일곱이라는데, 고생을 많이 한 듯 얼굴은 더 들어 보였다.

안도감이 살 속으로 퍼졌다. 이어 시뻘건 부끄러움이 온몸을 가득 채웠다.

나도 모르게 자책하는 소리가 입 밖으로 나왔다. "내가 이렇게 치사한 인간인가?"

민히의 남편보다는 내가 분명히 매력이 컸다. 내가 더 젊고 키도 크고 잘생겼다는 것만은 분명했다. 그가 지식인의 면모를 지니지 못한 점도 있었다. 아마 남편과 대화할 때, 민히는 아쉬움을 느꼈을 터였다. 이제 나는 확신할 수 있었다, 민히가 나를 사랑해왔고 앞으로도 그러하리라는 것을.

그러나 그런 안도감이 유치하고 부끄럽다는 것도 또한 분명했다. 그는 나의 연적이 아니었다. 은인이었다. 내가 딸이 있다는 사실조차 모른 채 먼 곳에서 지낼 때, 그는 미혼모인 민히를 아내로 맞아들여 부양했고 의붓딸인 신지를 잘 키웠다. 이제는 신지를 결혼식에 데리고 들어갈 사람이었다. 그리고 앞으로도 신지의 아빠 노릇을 할 터였다. 그런 사람에게 고마움 대신 나보다 못났다고 안도감을 느끼는 것은 내 됨됨이가 어떤지 말해주었다.

내가 이제 예순네 살의 늙은이라는 사실을 떠올리자, 부끄러움은 몇 곱절, 몇십 곱절로 증폭되는 듯했다. 온몸이 부끄러움으로 새빨갛게 달아오른 듯했다.

맞을 손님이 없자, 민히가 로비를 둘러보았다. 누구를 찾는 것처럼.

나는 급히 얼굴을 돌렸다. 눈길이 마주치면, 그녀가 알아볼 것만 같았다. 하긴 내 눈만은 원래의 내 눈이었다. 다행히, 그녀 눈길은 나를 스치고 지나갔다. 상실감이 시린 물살로 가슴을 훑었다. 이제 나는 그녀가 몰라보는 사람이었다.

마음이 좀 안정되자, 나는 신부 쪽 하객들을 살폈다. 신랑 쪽보다 확실히 하객 수가 적었다. 어쩔 수 없이 마음에 그늘이 졌다. 눈길이 다시 시어머니 자리로 끌려갔다. 하객과 인사를 나누고 나서, 그녀는 옷맵시를 다듬는 참이었다. 다행히, 양쪽을 오가는 젊은이들이 많았다. 신랑과 신부의 직장 동료들인 눈치였다. 마음이 좀 든든해졌다. 같은 직장에 다니다 결혼하는 처지에선 직장 동료들의 존재가 여러 모로 도움이 될 터였다.

"곧 예식이 시작됩니다. 하객 여러분들께선 입장해주시기 바랍니다." 검정 제복을 입은 여직원이 알렸다.

로비에서 담소하던 하객들이 식장 입구로 움직이기 시작했다. 그 여직원이 민희와 그녀 남편에게 다가가서 무엇인가 알려주었다. 부부가 고개를 끄덕이고서 식장 안으로 들어갔다.

나도 입구 쪽으로 조금 다가갔다.

신랑이 젊은 사내와의 얘기를 황급히 끝내고 자기 부모를 식장으로 안내했다. 양복을 입은 남직원이 그에게 다가서서 무엇이라고 알려주었다. 그가 고개를 끄덕이고서 식장 입구에 섰다.

"내 딸을 잘 보살펴주게." 그의 뒷모습에 대고서 나는 속으로 부탁했다. 그 말이 내 넋의 빈방에 길게 메아리쳤다.

남직원이 신호를 보내자, 신랑이 식장 안으로 걸어 들어갔다. 이어 신부 대기실에서 신부가 나왔다. 두 여직원의 안내를 받아, 신지가 천천히 다가왔다. 자락이 긴 신부복을 입은 신지는 고왔다. 동화 속의 공주처럼. 흐뭇함과 대견스러움으로 내 가슴이 부풀어 올랐다. 녀석이 기다리던 의붓아빠에게 행복한 웃음을 보였다. 민히 남편이 흐뭇한 웃음을 지으면서 팔을 내밀었다. 행복한 신부와 흐뭇한 신부 아버지는 식장 입구에 함께 서서 신호를 기다리고 있었다. 녀석이 고개를 돌려 무어라고 하자, 그가 소리 내어 웃었다.

내 마음은 고운 꽃들이 가득한 봄날의 정원 같았다. 고운 딸의 행복함이 햇살처럼 내렸고 녀석을 잘 키워준 민히 남편에 대한 고마움이 꽃향기처럼 마음을 채웠다. 기적을 찬양하는 천상의 음악이 들려오는 듯했다. 기적이었다──넉 달 전 나그추에서 열차를 탈 때는 상상도 못한 일이 이렇게 일어난 것이었다.

마침내 그들이, 신부와 신부 아버지가, 함께 식장 안으로 걸어 들어가기 시작했다. 박수와 환호성이 안으로부터 터져 나왔다. 자리에 그냥 선 채, 나는 그들을 눈길로 따라갔다. 어쩐지 식장 안으로 들어가고 싶지 않았다. 행복한 식장에 나는 어울리지 않는다는 느낌이 들었다. 대신 속으로 외쳤다. "신지야, 내 딸 신지야, 잘 살아라. 아들 딸 많이 낳고 오래오래 살아라."

안도감과 흐뭇함과 아쉬움이 섞인 한숨을 내쉬고서, 나는 빈 신부 측 접수대로 다가갔다.

입구에서 예식을 바라보던 젊은이가 급히 자리로 돌아왔다. "어서 오십시오."

"수고 많아요."

"여기 방명록이 있습니다."

그가 가리킨 방명록에 '전세훈'이라고 서명한 다음, 전세훈이 준 봉투를 꺼내 내밀었다.

"감사합니다." 그가 봉투를 받더니 종이 쪽지를 내밀었다. "식권입니다. 식당은 지하 층에 있습니다."

얼결에 식권을 받고 나서야, 나는 식당에 갈 생각이 없다는 것이 생각났다. 그러나 도로 내밀기도 뭣해서 그냥 주머니에 넣었다.

"수고해요."

"네. 감사합니다."

나는 가방을 들고 천천히 계단 쪽으로 걸었다. 문득 힘이 빠져나간 듯, 다리가 후들거렸다. 그러고 보니, 격앙되었던 감정들이 잦아진 가슴도 텅 빈 것처럼 느껴졌다. 여기까지의 내 삶이 단단하게 포장되어 어느 허름한 창고에 보관된 것 같았다.

계단에서 일 층 마루로 내려서자, 식당으로 가는 안내판이 눈에 띄었다. 주머니에 든 식권이 생각났다.

결혼식 하객으로 보이는 사내 둘이 계단을 내려갔다. 식당으로 가는 눈치였다.

"나도 뭐……" 나도 뒤따라 계단을 내려가기 시작했다. 막열한 시가 지났지만, 문득 식욕이 솟았다. 주머니에 든 식권을 만지면서, 나는 누구에게랄 것 없이 웃음을 지어 보였다.

제16장

운명

김책역의 낡은 역사를 나오자, 시멘트 바닥에서 되비치는 햇살이 맞았다. 그늘 안쪽에 가방을 내려놓고, 천천히 둘레를 살폈다. 다른 역들과 마찬가지로, 여기 광장도 그저 빈 공간이었다. 만들고서 뒤늦게 생각나서 심은 듯한 나무들이 광장 가장자리에서 가을을 느끼는 모습으로 햇살을 받고 있었다. 김책시는 낯선 곳도 아니고 그렇다고 낯익은 곳도 아니었다. 함흥에서 청진이나 다른 북쪽 도시들로 오가는 길에 이 항구 도시를 지나쳐서 모습이 낯설지는 않았지만, 막상 내린 적은 없었다.

광장 한쪽에 커다란 관광 안내판이 서 있었다. 살의를 품고 내리는 듯했던 시창 고원의 햇살을 떠올리면서, 나는 서두르지 않는 걸음으로 그리로 다가갔다. 다리는 후들거렸고 무릎은 시큰거렸고 뒤꿈치엔 탄력이 없어서 발이 자꾸 끌렸다. 힘차게 걸었던 기억이 아득하게 느껴졌다.

전세훈이 준 주소는 해안 가까운 곳으로 역에서 그리 멀지 않았다. 그러나 지금 내 몸으로 이 뙤약볕 속을 걷는 것은 무리였다. 평양에서부터 열차를 타고 온 터라, 피곤하기도 했다.

야릇한, 꼭 씁쓸하기만 한 것도 아닌, 웃음이 내 주름진 얼굴을 당겼다. 그 무더운 칭하이와 시창의 여름철에 힘든 일들을 한 칭하이—시창 자치구 고속철도 운영 군단의 베테랑이 짧은 걸음을 두려워하게 된 것이었다.

그리고 두려워해야 할 충분한 이유가 있었다. 나는 막 병원에서 나온 참이었다. 신지가 결혼식을 올린 날, 나는 내가 어릴 적에 살았던 집과 다녔던 학교 들을 둘러보았다. 함흥을 다시 찾기 어려우리라는 생각에서, 좀 피곤했지만 햇볕 속을 많이 걸었다. 그날 밤에 열이 나면서 몸이 떨렸다. 걱정이 되어서, 전세훈에게 전화를 했더니, 즉시 평양으로 돌아와서 입원하라고 했다. 최악의 상황을 각오했으나, 다행히, 뇌 수술과는 직접적 관련이 없는 폐렴으로 판명되었다. 그래도 전의 조언에 따라 폐렴이 치유된 뒤에도 체력이 회복될 때까지 병원에서 보냈다.

택시 기사에게 주소를 건네자, 그는 잠시 뭐라고 웅얼거렸다. 나는 그제야 알아차렸다, 오래 차례를 기다린 뒤에 기본 요금만 나오는 곳으로 가자고 하면, 그로선 기분이 언짢으리라는 것을. 나는 부두를 한번 둘러본 뒤에 목적지로 가자고 했다.

안 그래도 바다를 보고 싶던 참이었다. 바닷가에서 자란 터라, 군단에서 복무할 때는 바다가 그리웠다. 바닷바람을 쐬고 바다 냄새를 맡으면, 마음이 맑아지고 기운이 날 것 같았었다.

그제야 기사는 낯빛이 풀리면서 차를 출발시켰다. 택시엔 내 비게이션이 없었다. 정보에 대한 통제가 많이 줄어든 중국과는 달리, 조선에선 아직도 정부가 모든 정보들을 통제했고 모든 일들이 최소한의 정보로 움직였다.

창밖 풍경을 내다보면서, 나는 이미 여러 번 자신에게 물은 물음을 다시 물었다. '내가 왜 이렇게 할까?' 그럴듯한 답변을 찾을 수 없는 물음이었다. 내가 물려받은 몸의 원래 주인이었던 사내의 자취를 찾고 싶은 충동이 나를 여기까지 몰아왔지만, 나는 아직 그런 충동을 합리화할 만한 것을 생각해내지 못했다. 나는 그의 마지막 주소에서 무엇을 발견할지 또는 찾아야 할지 몰랐다. 전세훈이 지적한 대로, 그 불쌍한 사람의 마지막 자취를 찾아서 내가 얻을 것은 없었다. 오히려 뜻밖의 문제들에 얽힐 위험도 있었다.

어쨌든, 그것은 거센 충동이었다. 나로선 물려받은 몸에 대해 무슨 책임감 같은 것을 느꼈다. 적어도 그가 살던 곳을 마지막으로 돌아보고 그의 부인이 잘 지내는지 혹시 내가 도울 만한 일은 없는지 살펴보는 것이 내 몸에 대한 예의일 것 같았다. 그러나 내가 느끼는 충동은 그렇게 의식적인 것이 아니었다. 몸속 깊은 곳에서 묵직하게 올라오는 욕망이었다. 어떻게 보면, 나를 이끄는 것은 내 뇌가 아니라 내가 물려받은 늙은 몸인 것도 같았다. 지금 리진효라는 이름을 가진 존재의 98퍼센트나 되는 그 늙은 몸이 나름의 논리에 따라 나를 이끌고 내 뇌는 그것을 제어하지 못하고 끌려가는 것 같았다.

부두는 붐비지 않았다. 배들도 많지 않았다. 빗겨 내리는 햇살 아래 바다는 평화스럽게 누워 있었다. 그 나른한 풍경이 어쩐지 내 마음과 맞아서, 나는 택시 기사에게 부두 가까이 한적한 곳에 멈추라고 부탁했다.

소금기 밴 바람에 얼굴을 내밀고 움츠렸던 다리를 가볍게 풀면서, 햇살 아래 나른히 누운 풍경을 살폈다. 정박한 배에 컨테이너들이 실리고 있었다. 단단한 컨테이너들 속에 무엇이 들었을까, 하는 가벼운 호기심이 고개를 들면서, 나와 헤어진 내 몸이 지금쯤 어디 있을까 하는 생각이 다시 들었다. 처음엔 늘 그 생각이 마음 한쪽에 무엇으로도 달랠 수 없는 어린애처럼 웅크리고 앉아서 칭얼댔다. 차츰 새 몸에 익숙해지면서, 헤어진 몸 생각이 덜 났다. 배 하나가 멈춘 듯 가고 있는 먼 수평을 바라보며, 나는 아릿한 그리움으로 뇌었다. "내 몸은 나와 함께 했던 시절을 흐릿하게나마 기억하고 있을까?"

택시가 다시 움직이기 시작했을 때, 내가 옳은 일을 하고 있다는 확신이 마음에 듬직하게 자리 잡았다. 나의 새 몸은 그동안 품어온 기억들에게 작별 인사를 할 기회를 가질 권리가 있었다. 그리고 나는 그런 기회를 마련할 할 책임이 있었다.

가난한 동네에서 택시가 멈췄다. 기사가 좁은 골목 입구를 가리켰다. "주소를 보면, 이 근처 같은데……"

"아, 그래요?" 나는 요금을 내고 차에서 내렸다. 택시가 떠나자, 나는 낯선 곳을 둘러보았다. 좁은 골목의 양쪽엔 낡고 초라한 집들이 서 있었다. 골목 끝에는 버려진 공장의 시멘트 담장이 버티고 있었다. 좁아도 막다른 골목은 아니어서, 담장을 따라 양쪽으로 길이 나 있었다.

둘러보아도, 길을 물을 만한 사람은 눈에 뜨이지 않았다. 아직 해가 있어서, 사람들이 나다니지 않을 시간이었다. 달리 갈 길도 없어서, 나는 한 바퀴 둘러볼 생각으로 골목으로 들어섰다. 집마다 가난한 사람들이 모여 힘겹게 살아가는 곳임을 말해주었다. 이곳이 마지막 주소였으니, 그 사내의 처지가 어떠했는지 짐작이 갔다. 사업을 하다 빚을 졌다고 했으니, 원래 이곳에서 살았던 것은 아닐 터였다.

공장 담 앞에서 양쪽으로 갈라진 길들은 원래 골목보다 오히려 넓었지만, 양쪽 다 막혔다. 왼쪽 길 끝에 작은 텃밭이 있었고, 차양이 긴 모자를 쓴 부인이 혼자 채소에 조루로 물을 주고 있었다. 꽤 높은 담장이 기우는 햇살을 많이 가려서, 바람은 없었지만, 그리 덥지 않았다.

나는 담장 위로 솟은 팽나무 그늘 아래 서서, 이쪽에 등을 보이고 일하는 부인을 살폈다. 그녀의 무엇이—세월이 무겁게 앉은 듯한 몸놀림, 채소를 하나하나 살피면서 조심스럽게 물을 주는 모습, 낡았지만 어쩐지 세련된 듯하게 느껴지는 옷차림 또는 다른 무엇이——그녀가 바로 내가 찾는 사람일지도 모른다는 생각이 들게 했다. 그제야 나는 새삼 깨달았다, 내가 죽은 사람의 부인과 대면할 준비가 전혀 되어 있지 않다는 것을, 실은 대면할 생각도 없었다는 것을, 그저 먼발치에서 그녀가 어떻게 사는가 알아보고 혹시 내가 어렵지 않게 도울 일이라도 있으면 내 모습을 드러내지 않은 채 돕겠다는 막연한 생각으로 찾아왔다는 것을.

내 마음 뒤쪽에서 다급한 목소리가 거세게 속삭였다, 빨리 여기를 떠나야 한다고. 그녀 눈에 뜨이기 전에 떠나야 한다고. 그러나 내 몸은 그 말이 들리지 않는 듯했다. 내가 마음을 정하기 전에 벌써 가방을 들고 그녀 쪽으로 걸음을 옮기고 있었다.

엄청난 힘으로 내 몸을 끌어당기는 듯한 무엇에 끌려 내가 길의 반쯤 걸었을 때, 그녀가 문득 허리를 펴면서 돌아보았다. 그녀가 그대로 얼어붙었다.

나는 천천히 걸었다, 내 몸을 그녀에게 보이고 있다는 생각에 수줍고 떨리는 마음으로.

그녀가 몸을 돌리더니 모자를 벗고 윗몸을 앞으로 내밀고서 나를 살폈다. 모자와 조루가 그녀 손에서 떨어졌다. 그녀가 불안하게 몇 걸음 나오더니 두 팔을 앞으로 내밀고 달려오기 시작했다.

원시적인 무엇이, 뜨겁고 강렬한 무엇이, 내 살을 가득 채웠다.

"당신이, 당신이, 당신이……" 그녀가 내 벌린 팔 안으로 달려들었다.

아득해지는 정신 속으로 생각 한 줄기가 스쳤다. '다 운명이다.'

　"내 정신 좀 봐. 이러구 있을 때가 아닌데. 당신 저녁 할 게 하나두 없는데." 그녀가 급히 일어났다.

　나도 따라서 일어났다.

　"당신은 누워서 쉬어요." 그녀가 나보고 다시 앉으라고 손짓을 했다.

　나는 다시 앉았다.

　그녀가 한쪽에 놓인 바구니를 집어 들었다. "저녁거리만 사 갖고 올게. 좀 누워서 쉬어요."

　그녀가 문을 닫자, 나는 다시 일어나 서성거리기 시작했다. 마음이 아직 얼떨떨했다.

　작은 시멘트 집의 반지하실이었는데, 한쪽에 난 창 두 개로 되비친 햇살이 들어와서 아주 침침하지는 않았다. 좁은 방 하나와 화장실뿐이었다. 창문 반대쪽에 좁은 조리대가 있었다. 물건들이 꽤 있었지만, 잘 정돈되어 아늑한 느낌이 들었다.

그녀는 여기서 삼십사 년을 산 것이었다. 그동안 집주인은 네 차례나 바뀌었다고 했다. 그 세월을 그녀는 여기서 혼자 산 것이었다, 이 반지하실을 떠나면, 남편이 자기를 찾을 수 없다는 생각에서.

나는 마음의 평정을 유지하려 애썼다. 마음 한쪽으로 내가 뜻하지 않게 빠져든 이 곤혹스러운 상황에서 빠져나갈 길을 찾으면서. 그러나 그녀가 살아온 얘기들을 조금씩 할 때마다, 나는 가슴이 먹먹해지고 눈물이 났다. 그래서 그녀를 껴안고 함께 울었다.

전세훈이 얘기한 대로, 리진호가 젊은 몸을 팔아서 받은 돈은 빚을 갚는 데 다 쓰이고 그녀가 받은 돈은 얼마 되지 않았다. 그는 중국 회사와 선금을 받고 장기 고용 계약을 맺었다고 그래서 오래 중국에서 일해야 한다고 그녀에게 설명했다.

그가 자기 아내에게 한 얘기는 내가 군단에서 보낸 삶과 잘 맞았다. 덕분에 나는 지난 삼십사 년의 삶을 즉석에서 만들어 얘기할 수 있었고 그녀는 내 얘기를 수건이 물을 빨아들이듯 받아들였다. 나는 그녀에게 내가 중국 회사로부터 도망쳤고, 새로운 신분을 얻었으며, 물론 새 신분을 중국 사람들이 알면 안 된다고 설명했다. 그래서 우리가 당장 해주로 도망쳐야 한다고 얘기했다.

어둑한 방을 둘러보면서, 나는 좀 어리둥절한 마음으로 어떻게 이 모든 일들이 일어났나 돌아보았다. 두 시간 전만 하더라도, 나는 전세훈이 준 주소에서 무엇을 찾을지 몰랐었다. 설령 내 몸의 원래 주인이었던 리진호라는 사내의 부인이 아직도 여기 살고 있더라도, 내가 그녀를 만날 수는 없으니 먼발치로 보고 돌아선다고 생각했었다.

이제 나는 혼자 힘으로 빠져나올 수 없는 깊은 구덩이에 빠진 것이었다. 삼십사 년 전에 아내를 떠났다가 막 돌아온 리진호라는 사내의 역할을 너무 오래 한 것이었다. 그냥 여기를 나가서 사라져? 어쩌면 그것이 가장 나은 길일지도 몰랐지만, 나는 그것을 떠올리면서도 그것이 내게 열린 길이 아님을 알고 있었다. 어찌 될 것인가, 자신이 다시 버림받았다는 것을 깨달은 그녀의 가슴은, 차분한 기다림의 나날이 깨어진 그녀의 삶은? 무엇 때문에 내가 그녀에게, 주인이 네 번 바뀌는 긴 세월을 이 어둠침침한 반지하실에서 남편이 돌아오기를 기다려온 여인에게, 이 허름한 골목의 페넬로페에게, 그렇게 잔인한 슬픔을 안겨야 하는가? 내게, 온전한 오디세우스가 못 되는 내게, 그럴 권리가 있는가?

창가로 다가가서 좁은 창으로 밖을 내다보았다. 시멘트 담장이 시야를 막았다. 무심히 하늘을 기대했던 마음이 문득 막히는 듯했다. 찬찬히 보니, 담장 아래 바로 내 눈높이에 맨드라

미와 코스모스가 피어 있었다. 햇볕이 들지 않는 곳이라, 화초들은 제대로 자라지 못했지만, 꽃들은 제법 탐스러웠다. 담장 아래 이끼가 파랗게 돋았다. 부지런히 물을 주었다는 얘기였다. 시야를 막은 담 아래에 화초들을 기르면서, 그녀는 담장처럼 압박해오는 절망을 물리쳤으리라. 그 생각이 들면서, 문득 마음이 깔끔히 정리되었다. 뜻 모를 한숨이 나왔다. 그랬다, 지금 내가 여기 선 것은 운명이었다. 벌써 오래전에 결정된 일이었다.

나는 다시 한숨을 길게 쉬었다. 이제 그녀 남편의 몸이 나라는 존재의 구십팔 퍼센트를 이루고 있었다. 그 사실이 내 삶에 영향을 미치지 않을 수는 없었다. 나의 선택과 행위 들은 내가 새로 얻은 늙은 몸의 역사에 의해 제약될 수밖에 없었다. 새 몸으로부터 내가 벗어날 길은 없었다. 그것은 유산과 같았다. 그 유산을 거부하는 것은 현실적이라기보다는 어리석었다.

잘 맞지 않는 문이 삐걱거리면서 열리고, 그녀 머리가 먼저 나타났다. 창가에 선 나를 보자, 그녀는 안도의 한숨을 내쉬었다. 마치 자신이 자리를 비운 사이에 내가 사라져버린 것은 아닐까 걱정했던 것처럼.

그녀가 손에 든 꾸러미를 받아 들었다. 그 몸짓이 어쩐지 자연스러워서, 나도 모르게 흐뭇한 웃음이 나왔다.

그녀가 행복한 웃음을 지었다. "여긴 아무것두 읎어서. 슈퍼라구 하나 있는데……" 그녀가 고개를 저었다.

내가 꾸러미를 조리대 앞 방바닥에 내려놓자, 그녀가 꾸러미를 풀었다. "생선두 읎어. 오징어 한 마리 집어 들었네. 당신이 오징어국을 좋아하는데, 무우가 없어서, 내가 기른 열무 좀 뽑아 왔디."

열무를 넣은 오징어국—— 문득 식욕이 솟았다. "오징어국, 됴디. 내레 잠깐 나갔다 오갔어. 급한 마음에 그냥 달려오느라, 당신헌테 줄 것도 못 사왔어."

그녀가 고개를 저으면서 내 얼굴을 부드러운 눈길로 쓰다듬었다. "난 아무것두 필요 읎어요. 당신이 돌아왔으문, 됐디. 내가 무얼 더…… 당신 나가디 말구 여기 있어요. 피곤할 테니끼니, 한숨 자든디."

나는 그녀가 나를 눈 밖으로 내보내고 싶지 않다는 것을 느꼈다. 그녀에겐 이것이 모두 꿈속에서 일어나는 일처럼 자칫하면 깨질 현실로 느껴질 수도 있었다.

"알았어, 여보." 나는 그녀 어깨를 부드럽게 감쌌다. "그래도 다시 만났으니끼니, 우리 자축해야디. 내레 나가서 케이크 하나 사서 인차 돌아올 테니끼니, 오징어국 끓이라우."

나는 고개를 돌려 그녀를 살폈다. 그녀는 텔레비전 연속극에 빠져 있었지만, 내가 사라지지나 않을까 불안해하는 것처럼, 내 손을 꼭 쥐고 있었다. 내 눈길을 느끼고 그녀가 나를 흘긋 살피더니 느긋한 웃음을 내게 보냈다. 내가 웃음을 보이자, 그녀는 다시 연속극으로 눈길을 돌렸다.

우리는 남조선 텔레비전의 연속극을 보고 있었다. 머리를 다쳐서 최근의 기억을 잃은 여인에 관한 작품이었다. 그 여주인공은 옛사랑은 기억하지만 지금 남편은 알아보지 못했다. 비현실적인 설정이었지만 그런대로 재미가 있었다. 지금 내 처지와도 관련이 없지 않았다.

마음이 푸근했다. 그녀가 차려준 저녁은 내가 체포된 뒤로 먹은 가장 맛있는 식사였다. 열무가 들어간 오징어국은 맵고도 시원했다. 그리고 그녀가 좁은 텃밭에서 기른 상추는 나를 과식하게 만들었다. 식사가 끝난 뒤, 우리는 내가 근처 제과점에서 사 온 케이크를 먹었다. 우리는 평생 함께 살아온 노부부였다. 내가 몸만 남기고 서른 몇 해 전에 죽은 사내가 자리를 이리도 자연스럽게 차지한 것은 나로서도 신기하기만 했다. 나는 그녀가 쥔 내 손을 내려다보았다. 내 손이었다. 자연스럽게 느껴지는, 조금도 낯설지 않은 내 손이었다.

마침내 연속극이 끝났다. 그녀가 아쉬운 듯 입맛을 다시면서 텔레비전을 껐다. "당신 피곤할 텐데, 일찍 자요."

나는 고개를 끄덕이고 일어났다. 내가 이를 닦고 나자, 그녀가 이불을 폈다. 좀 수줍었지만, 나는 그녀 앞에서 옷을 벗었다.

그녀가 불을 끄고 옷을 벗었다. 그녀는 스스럼없이 이불을 들치고 내 품으로 파고들었다.

짙은 자주빛 욕정이 머릿속에서 솟구치면서, 내 시든 몸이 거세게 반응했다. 왼팔로 그녀 머리를 받치고 오른손으로 그녀 엉덩이를 안아 내게로 끌어당길 때, 생각 한 줄기가 머리를 스쳤다. '이것이, 내가 나그추에서 열차에 오를 때, 나를 기다린 운명이었나?'

제18장

비틀거리고 느린 걸음으로

그녀가 아쉬운 눈길로 방 안을 다시 둘러보았다. 삼십사 년 동안 산 곳이니, 감회가 깊을 수밖에 없었다.

그녀 마음을 알았지만, 나는 짐을 꾸리는 일에 관해서 엄격하게 지시했다. 아주 가볍게 짐을 꾸리고, 특히, 우리의 정체를 드러낼 물건은 단 하나도 가져갈 수 없다고 단단히 일렀다. 그래도 그녀가 꾸린 짐은 너무 컸고, 내가 찬찬히 다시 설명하자, 그녀는 짐을 풀고 아까운 것들을 버렸다.

"갈까?" 나는 부드럽게 재촉했다.

그녀가 겸연쩍은 웃음을 지으면서 고개를 끄덕였다.

나는 한 손에 짐을 들고 다른 손으로는 그녀 손을 잡았다. 그녀는 내 가방을 들었다. 우리가 작은 뒷마당으로 올라서니,

줄에 매인 콜리가 꼬리를 흔들었다. 그녀가 녀석을 안고서 쓰다듬어주었다. 다행히, 녀석은 주인집 개라고 했다.

벌써 다섯 시가 지나서, 골목은 반쯤 그늘에 가려 있었다. 그녀가 일을 마무리하는 데 하루가 꼬박 걸린 것이었다.

나는 길게 한숨을 내쉬었다. 이제 다 끝난 것이었다. 골목은 새 목적지로 그리고 거기서 기다리는 새 삶으로 우리를 이끌 터였다.

그녀 눈길이 텃밭의 작물들에 오래 머물렀다. 그것들에게 작별 인사를 할 시간을 그녀에게 주면서, 나도 녀석들에게 눈짓을 했다.

"몇 개 따 갈까?" 오징어국이 칼칼했던 것이 생각나서, 나는 발갛게 익어가는 고추들을 턱으로 가리켰다.

"됐어요." 그녀가 고개를 젓고서 손등으로 눈물을 씻었다. 그러고는 내게 웃어 보였다. "이제 당신이 있는데, 뭐……"

"고 녀석들 꽤나 맵게 생겼다."

그녀가 내 웃음에 환한 웃음으로 대꾸했다. "저기다가 채소 심을 때마다 당신허구 같이 먹는 생각을 했드랬는데. 정말로 당신허구 같이 먹었네."

"그럼 됐디. 자, 갑세다." 눈가에 고인 눈물을 손등으로 씻고서, 그녀에게 팔을 내밀었다.

그녀가 내 팔을 꼈다. 그리고 우리는—나와 내 아내는— 천천히 뒷골목을 걸어 나왔다. 새집을 향해.

우리가 모퉁이를 돌 때, 『실락원』의 마지막 구절이 떠올랐다.

그들은 자연스러운 눈물을 흘렸다, 그러나 이내 씻었다;
온 세상이 그들 앞에 있었다, 그들의 안식처를 고를,
그리고 섭리를 그들의 안내자로 삼을:
그들은 서로 손 잡고서 비틀거리고 느린 걸음으로
에덴동산을 지나 그들의 외로운 길을 걸었다.

새 기술은 묵은 문제들을 풀면서 새 문제들을 불러온다. 새 문제들은 우리가 모르는 줄도 몰랐던 지식의 모습을 어렴풋이 드러내준다. 그래서 새 기술엔 낯선 철학적 함의들이 따른다.

새 기술이 만들어낸 낯선 환경에 적응하려 애쓸 때, 사람들은 어떤 면에선 영웅의 모습을 한다. 그들은 자신들이 지닌 줄도 모르는 성배를 지닌 자들이고 자신들이 찾는 줄도 모르는 길을 찾는 자들이다. 삶의 본질이 앎이기 때문이다. 인류가 긴 노년이라는 현상과 처음 부딪친 종(種)이므로, 이 작품의 주인공이 노인이라는 것은 자연스러운 일일지도 모른다.

2012년 겨울
복거일